Tim LaHaye und Jerry B. Jenkins

ALLEIN!
Finale für Teens

W0374469

Tim LaHaye und Jerry B. Jenkins

Allein!

Finale für Teens

(Band 1)

Roman

Projektion J Verlag

Unseren Kindern gewidmet.

Titel der Originalausgabe:
Left Behind: Kids #1 The Vanishings

© 1998 by Tim LaHaye und Jerry B. Jenkins
Published by Tyndale House Publishers, Inc.
Wheaton, Illinois

© 1999 der deutschen Ausgabe
by Projektion J Verlag, Asslar

ISBN 3-89490-263-9

Auf der Grundlage der neuen Rechtschreibregeln.

Übersetzung: Eva Weyandt
Umschlaggestaltung: Michael Wenserit, Brian Eterno
Satz: Projektion J Verlag
Druck und Verarbeitung: Ebner Ulm

Nachdruck, auch auszugsweise, nur mit Genehmigung des Verlages.
1 2 3 4 02 01 00 99

Inhalt

Teil I

Die vier Jugendlichen

Kapitel 1

Judd, der Ausreißer

Judd Thompson jr. hatte es schon immer gehasst, dass er den selben Namen hatte wie sein Vater. Jedes Mal, wenn das Telefon läutete und jemand nach Judd fragte, hieß es: »Welchen? Der große oder der kleine Judd?« Und seltsamerweise war der kleine Judd bereits größer als sein Vater. Er hatte gerade seinen Führerschein gemacht und seine Oberlippe zierte ein schmaler Bart. Judd war es leid, immer nur »Junior« genannt zu werden, und er sehnte den Augenblick herbei, wo er nicht mehr nur der ›kleine Judd‹ genannt werden würde.

Aber dieses eine Mal war er froh, Judd Thompson jr. zu sein.

Und das hatte er auch verdient, fand Judd. Nachdem er nun schon tagelang mit seinen Eltern gestritten hatte, weil sie immer wissen wollten, wohin er ging, mit wem er zusammen war, was er vorhatte und wann er nach Hause kommen würde, war er zufällig an einem Nachmittag einmal zu Hause, und gerade an diesem Nachmittag bat ihn seine Mutter, die Post hereinzuholen. Wenn das nicht Schicksal war, dann wusste es Judd auch nicht.

Als seine Mutter ihn darum bat, stöhnte Judd laut. Sie warf ihm vor, er würde so tun, als sei jede kleinste Hilfe eine Riesensache. Und genau so empfand er es auch. Er hasste es, wenn man ihm sagte, was er zu tun hatte.

»Warum kannst *du* die Post denn nicht holen?«, fragte er sie genervt.

»Weil ich *dich* gebeten habe, es zu tun«, erwiderte sie.

»Warum muss ich denn alles machen?«

»Sollen wir einmal das, was du tust, mit dem vergleichen, was ich hier mache?«, fragte sie und damit begann der übliche Streit. Erst als seine Mutter ihm mit Hausarrest drohte, stapfte er wütend zum Briefkasten. Später war er froh, dass er sich dazu hatte überwinden können.

Als er nämlich auf dem Weg zurück zum Haus flüchtig die Kataloge, Zeitschriften und Briefe durchsah, entdeckte er ihn – einen an ihn adressierten Umschlag. Es war ganz offensichtlich ein Irrtum. Der Brief war für seinen Vater bestimmt, das war ihm klar, als er ihn sah. Geschäftspost. Den Absender kannte er nicht.

Aus lauter Wut über die vermeintliche Ungerechtigkeit seiner Eltern steckte er den Brief in seine Tasche und gab die restliche Post seiner Mutter. Na ja, eigentlich gab er sie ihr nicht. Er warf sie ihr auf den Küchentisch und die Hälfte davon flog zu Boden. Ohne dem weitere Beachtung zu schenken, machte er sich auf den Weg in sein Zimmer.

»Einen Augenblick, junger Mann«, rief seine Mutter. Er hasste es, wenn sie ihn so nannte. »Komm zurück und gib mir die Post so, wie es sich gehört.«

»Gleich«, rief er und lief die Treppe hoch.

»Ach, mach dir nur keine Umstände«, erwiderte sie. »Bis du in die Küche zurückkommst, habe ich die Post bereits aufgehoben, gelesen und beantwortet.«

»Danke!«, rief er.

Judd zog seine Jacke aus, stellte seine Stereoanlage an und legte sich auf sein Bett. Er nahm den Brief aus der Tasche und riss ihn auf. Heraus fiel eine auf seinen Namen ausgestellte Kreditkarte. »Judd Thompson jr.« stand da zu lesen. Auf einem beigefügten Zettel wurde er aufgefordert, eine gebührenfreie Nummer anzurufen und ein paar Fragen zu beantworten, damit er die Karte benutzen konnte. In dem beiliegenden Brief wurde ihm mitgeteilt, die Firma freue sich über seinen Antrag. Für diese Karte sei ein Kreditrahmen von mehreren zehntausend Dollar eingeräumt worden.

Judd konnte sein Glück kaum fassen. Er wählte die angegebene Nummer und wurde nach dem Mädchennamen seiner Frau und seinem Geburtsdatum gefragt. Er war schlau genug, den Mädchennamen seiner Mutter und das Geburtsdatum seines Vaters anzugeben. Immerhin hatte sein Vater diese Karte beantragt, ob nun der falsche Name darauf stand oder nicht. Die Stimme am Telefon informierte ihn darüber, dass seine Karte ab sofort freigegeben sei.

In diesem Augenblick begann er, seine Flucht zu planen.

Judd konnte es kaum erwarten, von zu Hause fortzukommen. Er konnte nicht genau sagen, was passiert war oder warum, aber er war sich sicher, dass seine Familie daran Schuld war.

Judds Vater besaß in Chicago eine gut gehende Firma. Seine Mutter hatte nie einen Job annehmen müssen. Judds kleine Geschwister, die neunjährigen Zwillinge Marc und Marcie, fand er eigentlich ganz okay. Sie kamen ihm nicht in die Quere.

Marcs und Marcies Zimmer standen voller Trophäen aus der Gemeinde, genau wie sein Zimmer früher auch. Er hatte damals alles mitgemacht, Bibelverse auswendig gelernt, jeden Sommer ein Sommerlager besucht und so.

Doch nachdem Judd von der Teenagergruppe in die Jugendgruppe der *New Hope Village Church* in Mount Prospect gewechselt war, schien er über Nacht das Interesse verloren zu haben. Früher hatte er seine Freunde in die Gemeinde und Jugendgruppe eingeladen. Jetzt schämte er sich zu sagen, dass seine Eltern ihn zwangen, dorthin zu gehen.

Judd hatte den Eindruck, dass er einfach für die Gemeinde und alles, was damit zu tun hatte, zu alt war. Als Kind hatte er das »religiöse Zeug« in Ordnung gefunden, doch jetzt wollte er sich anders kleiden, andere Musik hören und Spaß haben. Da machten die anderen aus der Jugendgruppe nicht mit. In der Schule war er mit Jugendlichen zusammen, die ihre eigenen Entscheidungen trafen und taten, was sie wollten. Und das wollte er auch. Ein wenig Freiheit.

Obwohl sie es sich hätten leisten können, weigerten sich Judds Eltern, ihm einen eigenen Wagen zu kaufen. Wie viele der anderen Schüler seiner Jahrgangsstufe fuhren denn noch mit dem Bus zur Schule? Und wenn Judd wirklich einmal die Erlaubnis bekam, einen der Wagen seiner Eltern zu benutzen, schrieben sie ihm vor, wohin er fahren, wen er mitnehmen, was er tun durfte und wann er wieder zu Hause sein musste. Wenn seine Eltern wüssten, wie er die Zeit verbrachte, die er mit seinen Kumpels unterwegs war! Oh, wie hasste er es, dass sie ihm immer vorschrieben, wann er zu Hause zu sein hatte! Immer kontrollierten sie seine Hausaufgaben, kritisierten seine Frisur, seine Kleidung und seine Freunde.

Und das Schlimmste war, dass er Hausarrest bekam, wenn er nicht jeden Sonntag mit in den Gottesdienst ging. Erst am vergangenen Sonntag hatte er einen solchen Aufstand gemacht, dass seine Mutter in sein Zimmer gekommen war und sich auf sein Bett gesetzt hatte. »Liebst du Jesus denn nicht mehr?«, hatte sie gefragt.

Was für eine blöde Frage, hatte Judd gedacht. Er konnte sich nicht daran erinnern, Jesus jemals wirklich geliebt zu haben. Oh sicher, die Geschichten aus der Bibel hatten ihm gefallen und er kannte eine Menge Bibelverse auswendig. Aber Jesus lieben? Gott lieben? Das war was für kleine Kinder und alte Omas. Aber was sollte er seiner Mutter antworten?

»Wenn du die Wahrheit wissen willst, ich gehe nur in die Kirche, damit ich am Wochenende ausgehen kann und den Wagen benutzen darf.«

Das hatte sie natürlich nicht hören wollen. »Na gut, vergiss es«, hatte sie geantwortet.

»Dann kann ich also zu Hause bleiben?«

»Wenn du die ganze Woche Hausarrest haben willst.«

Judd hatte leise vor sich hin geflucht. Wie gut, dass seine Mutter das nicht gehört hatte. Dann hätte er lebenslanges Ausgehverbot bekommen.

Während der Bibelstunde vor dem Gottesdienst zeigte sich Judd bewusst desinteressiert. Er trug Klamotten, die seine Eltern nur gerade so tolerierten, und hielt sich möglichst von den »guten« Jugendlichen fern. Was für Loser! Die hatten bestimmt nie Spaß. Judd saß mit ausdruckslosem Gesicht im Gruppenraum, brachte seine Bibel nicht mit, sah den Gruppenleiter nicht an und sagte kein einziges Wort. Wenn der Gruppenleiter ihn nach seiner Meinung fragte, zuckte er bloß die Achseln. Alle sollten merken, dass er nur herkam, weil er musste.

Während des Gottesdienstes lümmelte er sich auf der Bank, wenn sein Vater nicht hinsah. Er wollte nichts anderes, als sich in sich zu verkriechen und den Gottesdienst einfach nur zu überstehen. Bei den Liedern sang er nicht mit, neigte während des Gebetes nicht den Kopf, schloss auch seine Augen nicht. Niemand hatte je gesagt, dass man das tun müsse; Judd wollte sich einfach nur von der Masse abheben. Für solche Sachen war er viel zu cool.

Wie gewöhnlich predigte Pastor Vernon Billings mal wieder über die »Entrückung«, wie er es nannte. Das war sein Lieblingsthema.

»Eines Tages«, sagte er, »wird Jesus wiederkommen und seine Jünger in den Himmel holen. Diejenigen, die ihn als ihren Herrn und Erlöser in ihr Leben aufgenommen haben, werden in einem Augenblick verschwinden. Vor den Augen der ungläubigen Menschen werden wir verschwinden. Wird das nicht ein großer Tag für uns und ein schrecklicher Augenblick für die Nichtchristen sein?«

Der freundliche alte Pastor sprach darüber, wie wichtig es sei, dass jeder genau wüsste, dass seine Beziehung zu Gott in Ordnung sei. Jeder solle an Freunde und liebe Menschen, die für diesen Augenblick vielleicht noch nicht bereit seien, denken und für sie beten. Judds kleines Geheimnis war, dass er diesen Quatsch sowieso nie richtig geglaubt hatte.

Gelegenheiten hatte er genügend gehabt. Während einer Ferienbibelschule hatten viele seiner Freunde Christus als ihren Herrn angenommen. Ihm war das peinlich gewesen. Er hatte ihnen erzählt, er hätte seine Entscheidung bereits zu Hause getroffen. Während eines anderen Ferienlagers ein paar Jahre später bekam Judd Gewissensbisse, als der junge Pastor von Gemeindekindern erzählte, die keine überzeugten Christen seien. Er hatte diesen Schritt tun wollen, wirklich. Aber er war gerade zum »Camper der Woche« ernannt worden, weil er eine ganze Reihe Bibelverse auswendig gelernt hatte und am schnellsten Bibelstellen aufschlagen konnte. Was würden die Leute sagen?

Judd wusste, dass er eine Entscheidung für Christus auch ganz allein treffen konnte. Er brauchte nicht nach vorne zu gehen oder mit einem anderen zu sprechen. Er konnte aufrichtig beten und Gott darum bitten, ihm seine Fehler und seine Vergehen zu vergeben und Jesus als seinen Herrn annehmen. Aber später, nachdem die Veranstaltung vorüber war und die Emotionen abgeklungen waren, redete er sich ein, dazu sei später ja immer noch genug Zeit.

Ziemlich mulmig war es Judd allerdings, als er zwölf Jahre alt war und sich zusammen mit vielen anderen Kindern aus seiner Sonntagsschulgruppe zur Taufe meldete. Ihr Gruppenleiter und Pastor Billings hatten ihnen erklärt, dass dies ein Gehorsamsakt den Geboten Christi gegenüber sei. Mit diesem Schritt würde man vor anderen bekennen, dass man ein Jünger Jesu sei.

Bei der Taufe wurde jeder gebeten zu erzählen, wann er Christus angenommen habe. Judd hatte etwas Unglaubliches getan. Er hatte einen Bibelvers zitiert und eine Geschichte erfunden, wie er zu Christus gefunden habe. Er hatte der Gemeinde erzählt, er hätte diesen Schritt ganz allein in einem Ferienlager getan.

Wochenlang hatte er danach unter großen Schuldgefühlen gelitten, aber nie den Mut aufgebracht, seinen Eltern oder seinem Gruppenleiter die Wahrheit zu gestehen. Irgendetwas hatte ihn immer davon abgehalten, Gott seine Sünden zu bekennen und mit Christus ins Reine zu kommen. Jetzt war er 16 und der Meinung, dass sowieso niemand seine Gefühle und seine Gedanken verstehen könnte. Die Gemeinde ödete ihn an, das Zusammenleben mit seinen Eltern frustrierte ihn und insgeheim war er stolz darauf, dass er nicht richtig zu den Gemeindeleuten gehörte. Er ging dorthin, weil er es musste, aber schon bald würde er seine eigenen Entscheidungen treffen.

Durch diesen kleinen Irrtum mit der Kreditkarte hatte Judd Thompson jr. einen Freifahrtschein in die Freiheit in die Hand bekommen. Er hatte gesehen, wie sein Vater mit seiner Kreditkarte Bargeld aus dem Geldautomaten geholt hatte. Und er wusste, dass mit diesem Stückchen Plastik beinahe alles bezahlt werden konnte.

Natürlich würde eines Tages die Abrechnung kommen. Dann konnten seine Eltern zurückverfolgen, wo er überall gewesen war. Aber in der Zwischenzeit konnte er eine Menge Kilometer zwischen sich und sie legen.

Ein paar Tage lang holte Judd so viel Bargeld wie möglich aus dem Geldautomaten und versteckte es zusammen mit dem Pass, den er im vergangenen Jahr bekommen hatte, als er seinen Vater auf einer Geschäftsreise nach Asien begleitet hatte, in seinem Zimmer. Diese Reise war eine Katastrophe gewesen und Judd hatte keine Gelegenheit ausgelassen, seinen Vater spüren zu lassen, dass er eigentlich nicht hatte mitkommen wollen. Judd Senior hatte es schließlich aufgegeben, seinen Sohn davon überzeugen zu wollen, dass dies »die Gelegenheit seines Lebens« sei.

Insgeheim musste Judd zugeben, dass er die Reise, die tollen Hotels und das hervorragende Essen genossen hatte. Es hatte ihm sogar gefallen, sich in den fremden Städten mit ihren unterschiedlichen Sprachen und Kulturen zurechtfinden zu müssen. Aber das würde er seinem Vater natürlich nicht erzählen. Judd wusste, dass dieser ihn nur mitgenommen hatte, um ihn von seinen neuen Freunden zu trennen. Seine Mutter war der Meinung, dass sie einen schlechten Einfluss auf ihn ausüben würden. Auch sollten sein Vater und er sich auf dieser Reise ein wenig näher kommen – was immer das heißen sollte. Sein Vater hatte sich wirklich redlich Mühe gegeben, das musste Judd zugeben, aber eine richtige Bindung war nicht zu Stande gekommen. Die meiste Zeit hatte Judd schlechte Laune gehabt, gemeckert, sich beklagt und seinen Vater angefleht, doch nach Hause zurückkehren zu dürfen.

Aber wenigstens hatte er durch diese Sache seinen Pass bekommen. Und das, zusammen mit seinem neuen Führerschein und der Kreditkarte, verschaffte ihm, was er für die absolute Freiheit hielt. Ein Freund hatte ihm gesagt, er würde wie 21 aussehen. Er solle sich doch einen gefälschten Ausweis besorgen, damit er in Illinois Alkohol kaufen könne. Es war viel leichter und billiger, als er gedacht hatte, sowohl seinen Führerschein als auch seinen Pass mit einem neuen Geburtsdatum zu kopieren.

Er plante, am Abend einfach zum Flughafen O'Hare zu fahren und den ersten Flug in ein Land zu nehmen, in dem Englisch gesprochen wurde, den er bekommen konnte. Was er dann tun würde, wusste er noch nicht so genau. Aber eines war sicher: Er würde nicht in irgendeiner billigen Absteige Unterkunft suchen, sondern auf großem Fuß leben.

Jetzt war Judd zum Verbrecher geworden. Er hatte sich eingeredet, dass er keine Angst hatte. Die Tatsache, dass er das Gesetz übertrat, ließ ihn nur entschlossener werden, seinen Plan durchzuführen, und er fing an, sich immer wieder die Gründe vor Augen zu halten, warum er so bald wie möglich von zu Hause fort musste.

In den Tagen, in denen sein Plan Gestalt annahm, wurde Judd noch unausstehlicher. Er opponierte gegen alles, was seine Eltern sagten oder taten. Er wurde sogar bösartig und gemein.

Eines Tages kam sein kleiner Bruder nach der Schule in sein Zimmer.

»Was willst du?«, fragte Judd.

»Ich möchte dir nur eine Frage stellen. Bist du immer noch Christ?«

»Natürlich«, log Judd. »Aber was geht dich das an?«

»Ich habe mich das bloß gefragt, weil ich nicht den Eindruck habe, dass du glücklich bist oder dich wie ein Christ verhältst.«

»Verschwinde hier und kümmere dich um deine eigenen Angelegenheiten!«

»Hättest du etwas dagegen, wenn ich für dich bete?«

»Spar dir deine Luft.«

»Du bringst Mama zum Weinen, weißt du das?«

»Sie kann sich ihre Tränen auch sparen.«

»Judd, was ist eigentlich los? Früher warst du so –«

»Raus hier! Verschwinde!«

Marc war blass und den Tränen nahe, als er das Zimmer verließ. Angewidert schüttelte Judd den Kopf und sagte sich, Marc wäre sehr viel besser dran, wenn er endlich diesen naiven Glauben aufgeben würde. *Früher bin ich genauso gewesen,* dachte Judd. *Was für ein Quatsch!*

Als der große Tag seiner Flucht gekommen war, stopfte Judd ein paar seiner Lieblingssachen in seine Schultasche und lief nach unten.

»Wo willst du denn hingehen, junger Mann?«, fragte seine Mutter. Musste sie immer so mit ihm reden? Konnte sie nicht mal eine einfache Frage stellen?

»Ich gehe in die Bibliothek, um zu lernen«, erwiderte Judd gereizt. »Und dort werde ich bleiben, bis geschlossen wird, darum braucht ihr nicht auf mich zu warten.«

»Seit wann hast du denn so großes Interesse am Lernen?«, fragte seine Mutter.

»Du hast doch gesagt, ich soll dafür sorgen, dass meine Noten besser werden!«

»Wenn du lernen willst, brauchst du doch nicht in die Bibliothek zu gehen, Judd. Du kannst doch hier bleiben und –«

»Ich brauche meine Ruhe, in Ordnung?«

»Was wirst du denn zu Abend essen?«

»Ich werde mir was holen.«

»Brauchst du Geld?«

»Nein! Jetzt lass mich doch in Ruhe!«

»Ist ja schon gut! Aber komm nicht so spät!«

»Mom! Ich habe es dir doch schon gesagt, ich bleibe, bis die Bibliothek geschlossen wird, also –«

»– wartet nicht auf mich. Ja, ich weiß. Triffst du dich da mit jemandem?«

»Nein!«

»Hoffentlich muss ich nicht irgendwie erfahren, dass du mit deinen Freunden losgezogen bist, junger Mann! Haben wir uns verstanden?«

Aber Judd war schon zur Tür hinaus.

Am Flughafen buchte Judd einen Flug in einer Maschine der Pan-Continental Airlines, die am frühen Abend starten und am folgenden Morgen in London ankommen sollte. Sein gefälschter Ausweis wurde problemlos akzeptiert und er genoss es, als Mr. Thompson angesprochen zu werden. Sein Erste-Klasse-Ticket war ziemlich teuer, aber ein anderer Platz war in der 747 nicht mehr frei.

Es würde nicht lange dauern, bis seine Eltern anfangen würden, nach ihm zu suchen, das war Judd klar. Sie würden seinen Wagen am Flughafen entdecken und ganz schnell auch seinen Namen auf der Passagierliste des Pan-Con-Fluges finden. Er musste seine Freiheit genießen, solange er konnte. In England würde er erst mal untertauchen, aber selbst wenn er gefunden und zurück in die Staaten geschleppt werden würde, so hoffte er, wenigstens seinen Standpunkt klargemacht zu haben.

Aber was war denn sein Standpunkt, fragte er sich. Dass er seine Freiheit brauchte. Ja, das war es. Er wollte seine eigenen Entscheidungen treffen können, wollte wie ein Erwachsener behandelt werden. Sie sollten ihm nicht immer vorschreiben, was er zu tun und zu lassen hatte. Er wollte ihnen zeigen, dass er auch sehr gut allein zurechtkam. Dass er auf eigene Faust nach London abgehauen war, würde diesen Wunsch unterstreichen.

Judd saß auf dem Platz am Gang. Den Platz ihm gegenüber hatte ein Mann mittleren Alters belegt, der drei Drinks vor sich stehen hatte. Neben ihm am Fensterplatz beugte sich ein jüngerer Mann über seinen Laptop.

Die Flugbegleiterin sah wirklich atemberaubend gut aus. Ihrem Namensschild entnahm er, dass sie »Hattie« hieß. Diesen Namen hatte er noch nie gehört, aber er brachte nicht den Mut auf, ihr das zu sagen. Er war so glücklich und zufrieden mit sich, dass sie ihm Champagner anbot, ohne nach seinem Ausweis zu fragen.

»Wie viel kostet das?«, fragte er.

»In der Ersten Klasse ist der Champagner kostenlos, Mr. Thompson«, erwiderte sie.

Ein paar Mal hatte er Champagner gekostet, aber er hatte ihm nicht geschmeckt, jedoch gefiel es ihm, dass er jetzt auf dem Tablett vor ihm stand. Er würde so tun, als wäre er geschäftlich unterwegs, auf dem Weg nach London, wo er eine wichtige Besprechung hatte.

Kapitän Rayford Steele meldete sich über die Bordsprechanlage und erklärte ihre Flugroute und Flughöhe. Er sagte, er rechne damit, gegen sechs Uhr in der Früh in Heathrow zu landen.

Judd Thompson jr. konnte es kaum erwarten. Das war bereits der aufregendste Abend seines Lebens.

Kapitel 2

Vicki, die Rebellin

Vicki Byrne war 14, sah aber wie 18 aus. Sie war groß und schlank, hatte feuerrote Haare und erst vor kurzem gelernt, sich sehr auffällig zu kleiden. Bei Mädchen wie Jungen erregte sie Aufmerksamkeit. Sie liebte Leder, niedrige schwarze Stiefel, kurze Röcke, knappe Tops, jede Menge Schmuck und fast jeden Tag eine andere Frisur.

Sie war zäh. Das musste sie sein. Ihre Mitschüler ordneten Kinder, die in Wohnwagen-Anlagen wohnten, einer niedrigeren Klasse zu. Vickis Freunde waren eine »Sorte für sich«, wie ihre Feinde gern sagten. Als sie und die Kinder der anderen Wohnwagenbewohner an Vickis erstem Tag in der Highschool in den Bus stiegen, wurde ihnen schnell klar, wie es laufen würde.

Der Bus war voll. Scheinbar war der Wohnwagenpark die letzte Station auf dem Weg zur Schule. Nur die ersten beiden der zwölf Kinder, die an dieser Haltestelle einstiegen, fanden noch einen Platz, den sie sich allerdings teilen mussten. Jeden Morgen drängten sie sich vor, damit sie als Erste einsteigen konnten. Vicki hatte es aufgegeben, es überhaupt zu versuchen. Die beiden älteren Jungen, die nach Tabak rochen, Mundgeruch hatten und nie irgendwelche Schulbücher mitbrachten, drängten sich immer vor.

Keines der Kinder im Bus sah die Kinder aus der Wohnwagen-Anlage an. Sie schienen Angst zu haben, dass sie, wenn sie Blickkontakt bekamen, vielleicht Platz für eine dritte Person in ihrer Reihe machen mussten. Und natürlich wollte niemand neben dem Abschaum aus den Wohnwagen sitzen. Vicki hatte gesehen, wie sie sich ihre Nasen zugehalten hatten, als sie und ihre Nachbarn eingestiegen waren, und sie hatte ihr Tuscheln gehört.

Wie sollte man sich als Highschool-Anfängerin fühlen, wenn die anderen so taten, als würden sie einen nicht wahrnehmen, als würde man gar nicht existieren, wenn sie einen so behandelten, als wäre man der Abschaum der Menschheit?

Der Busfahrer fuhr nicht eher los, bis alle einen Platz gefunden hatten. Die beiden älteren Jungen aus der Wohnwagen-Anlage – die sich bereits eine Bank gesichert hatten – standen auf, meckerten und forderten, dass die anderen Platz machten. Einige der »reichen Kinder«, zu denen wahrscheinlich alle gehörten, die nicht in Vickis Nachbarschaft lebten, rückten missmutig zusammen.

An diesem ersten Tag war Vicki die Letzte, die noch im Gang stand. Sie sah nach vorn, wo die meisten der farbigen Kinder saßen. Sie mussten als Erste in den Bus eingestiegen sein, denn auch neben ihnen wollte sonst niemand sitzen – vor allem nicht die Kinder aus der Wohnwagen-Anlage. Vickis Freunde verachteten die Schwarzen, beschimpften sie und hätten sich nie im Leben freiwillig neben sie gesetzt, selbst wenn etwas frei gewesen wäre.

Vicki teilte ihre Abneigung gegen die Schwarzen. Sie blickte auf sie herab. In der Wohnwagen-Siedlung lebten keine Schwarzen und sie wusste eigentlich nicht, warum sie minderwertiger sein sollten als sie selbst, es sei denn, der Grund wäre ihre Hautfarbe. Ihr Vater hatte früher behauptet, alle Schwarzen seien ein faules, kriminelles, dummes Pack. Und genau das war nach Vickis Meinung auch ihr Vater. Zumindest bis vor zwei Jahren.

Als sie zwölf war, war etwas mit ihren Eltern passiert. Vorher hatten sie sich durch nichts von den meisten ihrer Nachbarn unterschieden. Jeden Freitag fand in der Wohnwagen-Siedlung ein Tanzabend statt und immer wieder kam es dabei zu Auseinandersetzungen. Betrunkene und eifersüchtige Ehemänner schlugen sich wegen ihrer Frauen und Freundinnen miteinander. Es war nicht ungewöhnlich, dass diese Tanzabende von der Polizei aufgelöst wurden und einer oder mehrere der Kämpfenden über Nacht in den Knast wanderte. Wie oft hatte ihre Mutter Vickis Vater aus dem Gefängnis geholt und dann hatten sie während des restlichen Wochenendes nur miteinander gestritten.

Abgesehen davon behielt Vickis Vater gewöhnlich nie lange einen Arbeitsplatz. Vickis Mutter arbeitete als Kellnerin, verdiente damit aber nicht genug, um alle ihre Rechnungen zu bezahlen. Vickis Vater hatte sich bereits als Mechaniker, Bauarbeiter, Koch in einem Schnellrestaurant und Kassierer versucht. Doch wenn er dann verhaftet wurde oder zu häufig zu spät zur Arbeit kam oder sogar ganz wegblieb, verlor er immer wieder seine Stelle. Dann lebten sie ein paar Monate lang von Sozialhilfe, bis er wieder einen neuen Job fand.

Vicki hatte sich gewünscht, ihre Eltern würden diesen Tanzfeiern am Freitag Abend fernbleiben, doch sie schienen sich richtig darauf zu freuen. Es war der Höhepunkt ihrer Woche. Und sie musste zugeben, dass es ihr durchaus nicht unangenehm war, an diesen Abenden mit ihrem älteren Bruder Eddie und der kleinen Schwester Jeanni allein zu bleiben. Sie trafen sich dann mit Freunden, zogen durch die Gegend und stellten allerlei Unsinn an. An diesen Freitagabenden hatte Vicki auch angefangen, zu rauchen und zu trinken. Eddy zog nach seinem Highschool-Abschluss nach Michigan.

Einige der Familien aus der Wohnwagen-Anlage gingen nicht zu diesen Tanzveranstaltungen. Sie waren, wie Vickis Vater immer sagte, »die Frommen, die Guten, die Kirchgänger«.

Vickis Mutter erinnerte ihn dann immer: »Vergiss nicht, Tom, so bin ich auch erzogen worden. Und so schlecht ist das gar nicht. Es wäre gar nicht übel, wenn wir eine Kirche hier in der Nähe hätten.«

»Ach was, ich habe dich doch vor all diesem abergläubischen Quatsch gerettet«, hatte er daraufhin geantwortet.

Diese Meinung über die Kirche hatte Vicki übernommen. Sie glaubte zwar, dass es irgendwo einen Gott gab, und ihre Mutter hatte ihr erzählt, er hätte die Welt geschaffen und würde sie lieben. Doch sie konnte einfach keinen Sinn darin erkennen. Wie konnte Gott sie lieben? Wenn sie diese lausige Welt und ihr lausiges Leben betrachtete, fiel es ihr schwer, das zu glauben.

Eines Freitagabends, als Vicki die siebte Klasse besuchte, war wieder einmal die laute Musik zu hören, die den Beginn der Tanzveranstaltung ankündigte. Vickis Eltern machten sich auf den Weg zum Parkplatz, um sich ins Vergnügen zu stürzen. Vicki hatte vor, Jeanni so bald wie möglich abzuhängen und sich davonzuschleichen, um sich irgendwo mit ihren Freunden zu treffen. Sie würden ein paar Zigaretten rauchen und vielleicht konnten sie ja auch ein wenig Bier ergattern.

Doch bevor sie Gelegenheit dazu hatte, brach die Musik ab. Alle blickten erstaunt zur Bühne hinauf.

»Äh, entschuldigt«, sagte der Sänger. »Einer unserer Nachbarn hier hat gefragt, ob er einen Gast vorstellen dürfte, der ein paar Minuten zu uns sprechen möchte.«

Manchmal nutzten Kommunalpolitiker diese Veranstaltung für Propagandazwecke oder die Polizei ermahnte die Leute, sich zu benehmen. Es kam auch vor, dass der Besitzer der Wohnwagen-Anlage sie daran erinnerte, dass diese Tanzveranstaltung ein Privileg sei, das jederzeit gestrichen werden könnte, wenn die Raufereien nicht aufhörten.

Aber der Nachbar, der den Gastredner mitgebracht hatte, war noch nie auf einer dieser Tanzveranstaltungen gesehen worden. Er gehörte zu den Kirchgängern, über die sich Vickis Vater immer lustig machte. Und dieser

Gast war Prediger. Sobald er zu sprechen begann, stöhnten die Leute und riefen: »Macht doch endlich mit der Musik weiter!«

Aber der Prediger ließ sich nicht beirren. »Ich verspreche euch, ich werde nicht länger als fünf Minuten reden«, sagte er, »und ich bitte euch, lasst eure Kinder ebenfalls zuhören.«

Irgendwie brachte dies die Menge zum Schweigen. Der Mann hielt eine kurze Predigt und zitierte ein paar Bibelverse. Er sprach sehr laut, um sich Gehör zu verschaffen. Vicki hatte nur einmal mit einer Freundin eine Kirche besucht und sie hatte keine Ahnung, wovon er überhaupt sprach. Jetzt war sie verblüfft, dass alle, sogar der Barkeeper und die Musiker, aufmerksam zuzuhören schienen. Niemand lief herum, niemand störte, niemand rührte sich.

Die Ansprache schien nicht so großartig zu sein, aber es herrschte eine ganz besondere Atmosphäre. Der Mann schien zu wissen, wovon er sprach, und er predigte mit Zuversicht und Autorität. Das Einzige, was Vicki verstand, war, dass alle Menschen Sünder seien und Gott brauchten. Gott liebte sie und wollte ihnen ihre Fehler vergeben. Er hätte versprochen, sie in den Himmel zu holen, wenn sie sterben würden.

Sie glaubte ihm nicht. Sie hasste ihr Leben, und wenn sie etwas Falsches tat, dann konnte das auch nicht schlimmer sein als das, was ihre Eltern taten. Sie rauchten, tranken und zankten ununterbrochen miteinander. Was war daran so schlimm? Und wenn Gott sie tatsächlich liebte, warum lebten sie dann in einer Wohnwagen-Anlage?

Vicki wollte sich das nicht länger anhören, sie wollte mit ihren Freunden losziehen, aber sie hatte auch keine Lust, als Einzige fortzugehen. Alle anderen schienen wie erstarrt. Vicki verstand das nicht. Sie hatte noch nicht so sehr viel von diesem religiösen »Zeug« gehört, aber das hier reichte ihr bereits. Als sie sich umdrehte, um sich bei ihren Eltern zu beklagen, war sie schockiert zu sehen, dass ihre Mutter mit geschlossenen Augen dastand und stumm die Lippen bewegte. Betete sie etwa?

Und ihr Vater erst! Normalerweise hätte er in einer solchen Situation angefangen, Krach zu schlagen. Es hätte sie nicht erstaunt, wenn er den Prediger beschimpft oder eine andere Störung verursacht hätte. Aber er stand reglos da und starrte den Prediger nur an.

»Daddy?«, flüsterte sie.

Er hielt die Hand hoch, um sie zum Schweigen zu bringen. Was war an dem Gerede so interessant? Wieso hörten alle Leute so gebannt zu? Der Prediger hatte die Leute gebeten, ihre Köpfe zu neigen und die Augen zu schließen. Also, das würden sie doch bestimmt nicht tun. Wenn es etwas gab, das Vickis Vater und seine Freunde hassten, dann war es, dass man ihnen vorschrieb, was sie tun sollten.

Doch als sie sich umsah, waren fast alle der Aufforderung des Predigers gefolgt! Einige starrten einfach zu Boden, doch die Meisten hatten die Augen tatsächlich geschlossen. Der Prediger erklärte ihnen, wie sie Christus als ihren Herrn und Erlöser in ihr Leben aufnehmen könnten.

»Sagt Gott, dass ihr erkennt, dass ihr Sünder seid«, sagte er. »Dankt ihm, dass er Jesus in diese Welt gesandt hat, um für euch zu sterben, und nehmt sein Angebot der Vergebung an.«

Vicki verstand noch immer nicht. Das Ganze war ihr ziemlich peinlich. Aber es war klar, dass hier irgendetwas passierte. Sie sah ihren Vater an und war verblüfft zu sehen, dass er weinend auf die Knie gefallen war. Ihre Mutter hockte neben ihm, umarmte ihn und betete mit ihm.

Vicki war das schrecklich peinlich. Sobald der Prediger fertig war und die Musik wieder einsetzte, schlich sie sich mit ihren Freunden davon.

»Was war denn das für ein Mist?«, fragte sie.

»Keine Ahnung!«, erwiderte ein Junge. Er holte Bierdosen aus einer Papiertüte und reichte sie herum. »Da solltest du deinen Alten fragen. Er schien voll darauf abzufahren. Und deine Mutter auch.«

Vicki zuckte die Achseln. Ihre Freundin fügte noch hinzu: »Sie haben die Tanzveranstaltung verlassen.«

»Was heißt das?«, fragte Vicki.

»Deine Mutter hat deinen Dad zum Wohnwagen zurückgeführt und deine kleine Schwester ist hinter ihnen hergezockelt. Anscheinend sind sie fromm geworden oder so was.«

»Was immer das heißen mag«, meinte Vicki. Sie wollte unbedingt das Thema wechseln. »Ich brauche jetzt eine Zigarette.«

Vicki brauchte eigentlich gar keine Zigarette. Sie sagte das nur, um sich älter zu fühlen. Sicher, sie rauchte, aber sie hatte nie Zigaretten bei sich. Die schnorrte sie immer von ihren Freunden.

Am Ende des Abends, als ihre Freunde und sie genügend Bier getrunken und Zigaretten geraucht hatten, steckte sie sich einen Kaugummi in den Mund, um den Geruch zu überdecken, und machte sich auf den Heimweg. Sie überquerte den Parkplatz, auf dem noch immer getanzt wurde.

Einige der Leute, die während der Ansprache mit geschlossenen Augen dagestanden hatten, tranken und benahmen sich jetzt wieder wie sonst auch. Aber es gab keinerlei Streitigkeiten und niemand hatte Grund, die Polizei zu rufen.

Vicki kam eine halbe Stunde zu spät, doch ihre Eltern waren noch nie so früh von einem Tanzabend zu Hause gewesen. Sie rechnete mit lauten Vorwürfen, Hausarrest (an den sie sich eh nie hielt) und wütenden Anschuldigungen. Sie und ihre Freunde hatten nie mehr verbrochen, als ein paar Feuerwerkskracher in Briefkästen zu stecken und davonzulaufen. Und natürlich hatten sie ein paar Mülltonnen umgeworfen. Ihr Vater hatte sie immer viel schlimmerer Dinge beschuldigt, aber die angedrohte Bestrafung war meistens ausgeblieben.

Doch dieser Abend war sehr seltsam gewesen. Ihre kleine Schwester lag bereits im Bett. Ihre Eltern dagegen waren so wach, wie sie sie noch nie erlebt hatte. Ihre Mutter saß an dem kleinen Küchentisch. Die staubige alte Bibel lag aufgeschlagen vor ihr. Vickis Vater war schrecklich erregt. Er strahlte, lächelte, lief unruhig herum.

»Ich möchte mit dem Rauchen und Trinken aufhören, Dawn«, sagte er gerade, als Vicki hereinkam. »Ich möchte mein ganzes Verhalten ändern.«

»Also, komm schon, Tom«, warnte Vickis Mutter, »niemand sagt, dass man als Christ nicht rauchen und trinken darf. Wir wollen uns eine gute Gemeinde suchen und anfangen, für Gott zu leben. Er soll uns verändern.«

Vicki schüttelte den Kopf und wollte in ihr Zimmer gehen, doch ihr Vater rief sie zurück. »Ich bin heute Abend Christ geworden, Liebes«, erzählte er strahlend. So hatte er sie schon lange nicht mehr genannt.

»Und was warst du vorher?«, fragte Vicki.

»Ich war ein Nichts«, erwiderte er. »Deine Mom war Christ, aber ich –«

»Ich hatte mich schon vor langer Zeit bekehrt«, erklärte Vickis Mutter, »aber ich habe mich jahrelang nicht um ihn gekümmert. Ich war auch ein Nichts. Doch heute Abend habe ich mich Jesus wieder zugewandt. Wir werden jetzt sonntags in die Kirche gehen und –«

»In die Kirche?!«, fragte Vicki. »Da gehe ich nicht mit!«

»Natürlich wirst du mitgehen«, erwiderte ihr Dad. »Wenn du erst auch errettet bist, wirst du zur Kirche gehen wollen. Ich kann es kaum erwarten.«

»Ich nicht«, widersprach Vicki. »Und wenn ich wovon errettet bin?«

»Von der Hölle, von deiner Sünde. Und du wirst nach deinem Tod in den Himmel kommen.«

»Und das glaubt ihr wirklich?«, sagte Vicki.

»Darauf kannst du wetten«, erwiderte ihr Vater.

»Ich sage dir, worauf ich wette«, hielt Vicki dagegen. »Ich wette, dass du wieder trinken, fluchen und dich prügeln und auch deinen Job wieder verlieren wirst.«

Das Lächeln ihres Vaters gefror. Sie wusste, dass sie ihn verärgert hatte, und spürte, dass er zuschlagen wollte. Sie hatte nur ausgesprochen, was sie dachte; sie hatte ihn nicht verletzen wollen.

Er kam näher und streckte die Hand nach ihr aus. Vicki zuckte zusammen. »Rühr mich nicht an!«, schrie sie.

Ihr Vater packte sie jeoch nur sanft an den Schultern und sprach leise mit ihr. »Ich will dich nicht schlagen, Vicki«, sagte er. »Ich möchte dich nur in den Arm nehmen.« Sie konnte sich nicht erinnern, wie lange es her war, seit er das zum letzten Mal getan hatte. »Ich weiß, das alles muss dir seltsam erscheinen, aber heute Abend ist etwas mit mir passiert. Es war, als hätte Gott zu mir gesprochen. Ich weiß nicht, warum ich zugehört habe oder wie er es geschafft hat, zu mir durchzudringen, aber so war es. Und von jetzt an wird sich einiges hier ändern.«

Das will ich sehen, dachte Vicki.

»Ich weiß, du hast keinen Grund, mir zu glauben, Liebes«, meinte ihr Vater. »Ich mache dir keine Vorwürfe, dass du mich nicht verstehst. Ich habe dir nie Grund gegeben, mir zu vertrauen, darum werde ich es wohl beweisen müssen.«

»Lass Gott an ihr arbeiten«, riet ihm ihre Mutter. »Wir haben genug mit uns selbst zu tun, aber Gott wird uns dabei helfen.«

Vicki hatte sich schließlich aus den Armen ihres Vaters befreit. »Also, ich freue mich, wenn das bei euch beiden funktioniert«, meinte sie, »aber rechnet nicht mit mir. Das klingt alles so komisch. Ihr hört einem verrückten Prediger fünf Minuten lang zu und jetzt seid ihr auf einmal heilig?«

»Wir sind nicht heilig«, erwiderte ihre Mutter. »Wir haben nur unser Leben Gott anvertraut.«

»Und ihr findet nicht, dass das komisch klingt?«

»Wenn Gott dich erreicht«, sagte ihr Vater, »dann wird dir das nicht mehr komisch erscheinen.«

Vicki war schließlich in ihrem kleinen Schlafzimmer verschwunden, das sie mit Jeanni teilte, und hatte sich auf ihr Bett geworfen. Das, was mit ihren Eltern passiert war, war ihr unheimlich. Sie kam zu dem Schluss, dass es vielleicht okay war, wenn es ihren Vater tatsächlich vom Trinken und Prügeln abhielt und wenn er von jetzt an wirklich regelmäßig arbeiten würde. Aber eine solche Veränderung in so kurzer Zeit war wirklich etwas viel verlangt.

Jeanni rührte sich.

»Bist du das, Vick?«

»Ja.«

»Hast du gehört, was heute Abend passiert ist?«

»Ja. Schlaf weiter.«

»Dann weißt du schon, dass ich jetzt auch Christ bin?«

»Du auch?«

»Ja. Ich habe Jesus in mein Herz aufgenommen.«

Vicki setzte sich auf. Jetzt nahmen ihre Eltern schon bei ihrer kleinen Schwester eine Gehirnwäsche vor! »Jesus in deinem Herz? Was bedeutet denn das?«

»Na ja«, erwiderte Jeanni, »er ist nicht richtig in mir, aber ich habe ihm mein Leben anvertraut. Ich werde eines Tages in den Himmel kommen.«

»Ach, du meine Güte!«

»Es wäre besser, wenn du das auch machen würdest, Vicki. Du willst doch nicht in die Hölle kommen.«

»Du solltest dir besser eines klarmachen, Jeanni. Alle hier in dieser Anlage werden in die Hölle kommen und dazu gehören auch du und ich.«

Kaum hatte Vicki diese Worte ausgesprochen, bereute sie sie schon. Warum sollte sie ihrer Schwester solche Angst machen? Vielleicht würde die Kirche ihr gut tun. Solange sie Vicki nicht zum Mitgehen zwangen, war das doch okay. Jeannis Antwort zeigte, dass sie Vicki nicht übelgenommen hatte, was sie gesagt hatte.

»Ich nicht«, strahlte sie. »Ich werde mit Jesus in den Himmel gehen!«

Wie schön für dich, dachte Vicki. *Nur lass mich mit diesem ganzen Kram in Ruhe.*

Kapitel 3

Lionel, der Lügner

Lionel Washingtons Eltern waren aus dem Stadtkern von Chicago fortgezogen, als er sechs Jahre alt war. Seine Mutter Lucinda arbeitete als Reporterin für das Chicagoer Büro des *Global Weekly*. Nachdem sie zur Chefredakteurin aufgestiegen war, konnte es sich die Familie leisten, in einen der Vororte zu ziehen. Sie gehörten zu den ersten Schwarzen, die in Mount Prospect ein Haus kauften.

Jetzt, sieben Jahre später, wusste der 13-jährige Lionel nicht mehr so genau, wohin er gehörte. Wenn er seine Verwandten in Chicago besuchte oder wenn seine anderen Verwandten aus dem Süden ihn besuchten, warfen ihm seine Cousins vor, er hätte seine Identität als Schwarzer verloren. »Es ist, als wärst du jetzt ein Weißer.«

Es war schön, in einer Gegend zu wohnen, in der er keine Angst zu haben brauchte, wenn er mit seinem Fahrrad umherfuhr oder mit seinen Freunden auch nach Einbruch der Dunkelheit noch draußen spielte. Und Lionel genoss es, mehr Sachen zu haben als früher. Seine Cousins waren vermutlich nur neidisch auf seine schönen Klamotten. Sie nannten ihn »reicher Junge« und »Whitey« und sagten, er gehöre gar nicht mehr richtig zu ihnen.

Lucinda war eine Frau, die solchen Unsinn einfach ignorierte. Trotz ihrer schwarzen Hautfarbe und der Tatsache, dass sie eine Frau war, hatte sie es geschafft, zur gut bezahlten Führungskraft einer renommierten Zeitung aufzusteigen. Wenn ihre Nichten und Neffen Lionel neckten, lachte sie nur. »Er ist genauso schwarz wie ihr und wird es immer bleiben«, sagte sie dann. »Und jetzt lasst ihn doch einfach in Ruhe.«

Aber das half Lionel wenig. Auf keinen Fall wollte er dieses Leben aufgeben, das sehr viel besser und sicherer war als das, was sie früher geführt hatten. Aber er wollte auch nicht anders sein als seine Verwandten. In seiner Schule gab es nur wenige farbige Kinder und keines von ihnen gehörte zu seiner Gemeinde. Seine ältere Schwester Clarice besuchte die Highschool in Mount Prospect und sein jüngerer Bruder Ronnie und seine jüngere Schwester Talia waren noch im Grundschulalter.

Das ließ ihn sich noch einsamer an seiner Schule fühlen. Er wurde immer stiller und merkte, dass seine Mutter sich Sorgen um ihn machte. Lionel hasste die Veränderungen, die in seinem Körper und seinem Geist vor sich gingen, als er in die Pubertät kam. Das war alles zu verwirrend. Auf einmal grübelte er sehr viel. Er dachte über alles und jedes nach.

Aber vor allem kreisten seine Gedanken häufig um seinen Onkel André. André war das schwarze Schaf der Familie. Er war ein Trinker und nahm auch Drogen. Über Jahre hinweg war er immer wieder mal für kurze Zeit ins Gefängnis gekommen und einmal musste er auch in der Besserungsanstalt in Joliet einsitzen.

Das Komische an Onkel André war, dass er ein überaus liebenswerter Mensch war. Wenn er wieder eine »trockene« Phase hatte, arbeitete und gerade einmal nicht in Schwierigkeiten steckte, mochten ihn alle. Er war sehr lustig und ein hervorragender Gesellschafter. Doch wenn er »krank« war, was die Umschreibung der Familie für seinen Alkohol- und Drogenkonsum war, machten sich alle Sorgen um ihn. Sie beteten dann für ihn und versuchten, ihn dazu zu überreden, in die Gemeinde zurückzukehren.

Onkel André war ein großartiger Geschichtenerzähler. Er liebte es, die Familie mit übertriebenen Geschichten zu unterhalten, die alle zum Lachen brachten. Er sprach mit hoher Stimme, erfand immer neue Dinge dazu und jede Geschichte wurde mit jedem Erzählen lustiger. Er warf seinen Kopf in den Nacken, packte sich den Bauch und lachte, bis er keine Luft mehr bekam. Tränen strömten ihm die Wangen hinunter und alle ließen sich von seinem Lachen anstecken.

Das verwirrte Lionel. Wie konnte Onkel André die Hälfte der Zeit der Liebling aller und während der restlichen Zeit das große Sorgenkind der Familie sein? Lionels Mutter erklärte ihm, das würde mit Vergebung zusammenhängen.

»Ich kann das, was er tut, wenn er schwach ist, nicht entschuldigen«, sagte sie, »aber wenn er wieder zur Gemeinde kommt, um Vergebung bittet und versucht, sein Leben bewusst mit Gott zu leben, dann müssen wir ihn wieder aufnehmen und ihm helfen, so gut wir können. Ich glaube, dass er sich wirklich Mühe gibt.«

Lionel war stolz auf seine Mutter, nicht nur, weil sie immer wieder vergeben und annehmen konnte. Tatsache war, dass sie durch ihren Job der Star der Familie war. Nicht nur von Lionels Familie, sondern des gesamten Washington-Clans. Ihre Wurzeln reichten zurück bis zu den Freiheitskämpfern im Untergrund während der Sklaverei und viele seiner Vorfahren hatten sich in der Bürgerrechtsbewegung engagiert und für die Gleichberechtigung der Farbigen gekämpft.

Seine Mutter hatte bewiesen, dass ein Mensch, egal, woher er kam, und egal, welche Hautfarbe er hatte, tatsächlich etwas aus sich machen konnte, wenn er es nur wollte.

Lucinda Washington hatte Lionel erzählt, sie sei in einem Ghetto in Cleveland aufgewachsen. »Aber ich habe gern gelernt. Und so habe ich es geschafft, mein Umfeld zu verlassen.« Sie hatte ihre Vorliebe für den Journalismus entdeckt, dann Publizistik studiert und sich schließlich beim *Global Weekly* hochgearbeitet.

Lucinda verdiente viel Geld, mehr als ihr Mann Charles. Das war jedoch kein Problem zwischen den beiden; Charles war auf sie so stolz wie kein anderer. Und insgeheim war auch Lionel stolz auf sie.

Aber Lionel hatte ein anderes Geheimnis, das ihn sehr beunruhigte. Lionel wusste etwas, das, abgesehen von André kein anderer aus der Familie auch nur ahnte. Weder er noch André waren richtige Christen, obwohl der Glaube in ihrer Familie einen sehr hohen Stellenwert einnahm.

Nachdem Charles und Lucinda Washington aus Chicago fortgezogen waren, hatte die Gemeinde nach wie vor eine sehr wichtige Rolle in ihrem Leben gespielt. Irgendwie hatten sie es geschafft, sich in die seltsame Kultur der Weißen einzufügen, obwohl viele Leute ihnen anfangs deutlich gezeigt hatten, wie sehr es ihnen missfiel, dass eine schwarze Familie in ihren Ort zog, ob sie nun reich war oder nicht. Doch die Washingtons hatten sich sehr schnell mit den Nachbarn angefreundet, die ihnen offener begegnet waren, und hatten sie davon überzeugt, dass sie gute Nachbarn waren.

Eine Gemeinde zu finden, in der sie sich wohl fühlten, war eine andere Sache. Lionel konnte sich nicht daran erinnern, auch nur einen Gottesdienst versäumt zu haben. Es hieß, seine Mutter hätte ihn schon in die Gemeinde mitgenommen, als er noch kaum eine Woche alt gewesen sei, aber seine Mutter erklärte ihm, dies sei ein wenig übertrieben. »Aber du warst noch keine zwei Wochen alt«, meinte sie schelmisch grinsend. »Du hättest genauso gut in der Gemeinde geboren werden und aufwachsen können.«

Er mochte seine Gemeinde. Lionel war froh, dass seine Eltern weiterhin in die Stadt hineinfuhren, um den Gottesdienst in ihrer alten Gemeinde besuchen zu können. Einige der Leute, die sie kritisiert hatten, weil sie fortgezogen und gesellschaftlich aufgestiegen waren, freuten sich zu sehen, dass sie ihre Wurzeln nicht vergessen hatten. Und selbst wenn sie die Washingtons beneideten, weil sie aus ihrem alten, sozial schwachen Umfeld mit der hohen Kriminalitätsrate fortgezogen waren, freuten sie sich doch, sie jeden Sonntagmorgen und jeden Mittwochabend begrüßen zu können.

Die Gemeinde nahm bei den Washingtons einen hohen Stellenwert ein, aber Lionel wusste, dass dies keine Äußerlichkeiten waren, sondern tiefer ging. Seine Mutter liebte nicht nur die Gemeinde, sie liebte Gott. Und Jesus. Und den Heiligen Geist. Sie hatten sich einige Gemeinden in ihrer Umgebung angesehen, darunter auch ein paar, die sowohl schwarze als auch weiße Mitglieder hatten. Lionel war damals noch sehr jung gewesen, aber sogar er hatte spüren können, dass sie nicht so waren wie seine Heimatgemeinde in Chicago.

Diese Leute schienen keinen Geist zu haben. Seine Mutter meinte: »Bestimmt sind sie richtige Christen und ich stelle ihre Errettung keine Sekunde in Frage. Aber ich brauche eine Gemeinde, wo die Leute keine Scheu haben, ihre Gefühle zu zeigen. Wenn ich das Bedürfnis habe, aufzuspringen und Gott zu loben, wenn ich so laut singen muss, wie ich kann, oder wenn ich sogar zur Musik tanzen muss, dann will ich mir keine Gedanken darüber machen müssen, was die Leute von mir denken.«

Lionel wusste, wovon sie sprach. Auch er klatschte gern, sang und bewegte sich im Rhythmus der Musik, und wenn er auch noch nicht selbst mitgetanzt hatte, so sah er den Leuten, die das taten, doch gern zu. Die Gottesdienste in seiner Gemeinde waren lang, laut und voller Begeisterung. Die Menschen waren glücklich und fröhlich. Er war sehr froh gewesen, als seinen Eltern endlich klar wurde, dass sie eine solche Gemeinde in ihrem neuen Wohnort nicht finden würden.

Lionel hatte also das Beste aus beiden Welten. Er lebte in einer sicheren Umgebung, besuchte eine gute Schule, lernte zu arbeiten, Geld zu verdienen und zu sparen, hatte alles, was er brauchte, und er fuhr zweimal in der Woche zum Gottesdienst nach »Hause«. Sonntags war seine Familie nach dem Morgengottesdienst immer bei irgendwelchen Verwandten zu Gast, um die Zeit bis zum Abendgottesdienst zu überbrücken.

An einem Sonntag, als er seine Großeltern besuchte, war Lionel einmal ganz allein mit Onkel André. Lionel begleitete ihn, als André bei irgendeinem Geschäft etwas abholen musste. Verwirrt sah er ihn in Begleitung von zwei anderen Männern in Andrés Alter aus dem Laden herauskommen. Offensichtlich hatte der eine von ihnen Lionel zuerst nicht gesehen, denn er sagte zu André: »Hast du verstanden, was ich gesagt habe? Du beschaffst uns das Geld bis Freitag oder du bist geliefert.«

André lächelte sofort und schüttelte ihnen die Hand. Nervös stellte er ihnen Lionel als den »kleinen Jungen meiner ältesten Schwester« vor. Lionel schüttelte ihnen die Hand, aber er hatte schreckliche Angst. Er tat so, als hätte er nicht gehört, was sie gesagt hatten, aber diese Kerle hatten gerade seinen Onkel André ganz eindeutig bedroht. Während sie zum Haus seiner Großeltern zurückfuhren, fragte er ihn danach.

»Die?«, fragte André. »Ach, das sind nur Freunde. Sie haben mich nur geneckt.«

»Das klang aber ganz anders«, erwiderte Lionel. »Ich mag sie nicht. Sie machen mir Angst.«

André fuhr mehrere Blocks vom Haus seiner Eltern entfernt an den Straßenrand. Er atmete tief durch und sagte zu Lionel: »Du hast Recht. Das sind schlimme Kerle. Ich habe mir Geld für ein Geschäft von ihnen geliehen, doch das Geschäft ist in die Hose gegangen und jetzt weiß ich nicht, wie ich ihnen das Geld zurückgeben soll. Ich werde mir etwas ausdenken oder einfach eine Weile untertauchen müssen.«

»Hast du denn keine Angst?«, fragte Lionel.

»Natürlich habe ich Angst. Aber das ist mein Leben, Lionel. Darum ist es ja so gut, dass du Christ und von meiner Schwester großgezogen worden bist. Sie wird dich auf dem geraden und schmalen Weg halten.«

»Na ja, wenn du meinst«, erwiderte Lionel.

»Was soll das heißen?«, fragte Onkel André überrascht. »Steckst du bereits in Schwierigkeiten?«

»Nein, aber ich habe mir nur so meine Gedanken gemacht. Ich meine, du bist doch auch Christ, nicht?«

Onkel André sah ihn erstaunt an. »Ich? Benehme ich mich wie ein Christ?«

»Wenn du nicht, äh, ich meine –«

»Wenn ich nicht gerade in Schwierigkeiten stecke, meinst du?«

»Ja.«

André lachte leise, aber er wirkte traurig. »Du hast schon oft erlebt, wie ich zum Herrn zurückgekehrt bin, nicht?«

Lionel nickte.

»Ich will dir die Wahrheit sagen, Neffe, aber du darfst das niemandem erzählen, verstanden?«

Wieder nickte Lionel.

»Ich meine, du darfst es nicht einmal deiner Mama erzählen. Und jetzt hör zu: Diesen Leuten bin ich nicht egal. Ich weiß, dass das so ist. Dann und wann brauche ich einfach einen Ort, an dem ich mich verkriechen kann, und Leute, die mir wieder auf die Beine helfen. Und wenn ich dann wieder sauber bin und versuche, von vorne anzufangen, dann meine ich das auch wirklich ernst. Aber die Wahrheit ist, ich sage ihnen, was sie hören wollen, damit sie mich wieder aufnehmen. Wenn sie wüssten, dass ich es zwar ernst meine mit dem Überleben, aber nicht mit Gott, dann hätte ich niemanden.«

Lionel starrte ihn verblüfft an. »Dann bist du also gar kein richtiger Christ?«

André seufzte, als würde er es nur ungern zugeben. »Nein, das bin ich nicht. Die Wahrheit ist, ich kann nicht glauben, dass Gott einem Menschen wie mir vergeben kann. Ich gerate immer wieder in Schwierigkeiten. Und jedes Mal, wenn ich alles wieder in Ordnung gebracht habe, weiß ich, dass mir das wieder passieren wird.«

»Aber vergibt Gott dir denn nicht immer wieder?«

»Ich habe nie das Gefühl, Vergebung bekommen zu haben. Meine Familie vergibt mir, aber nur, weil sie denken, ich würde mir Mühe geben oder ich sei krank.«

»Aber meine Mama sagt, dass Gott den Menschen immer wieder vergibt. Er gebraucht Menschen, die diese Leute lieben, um ihnen seine Vergebung zu zeigen.«

»Na ja, ich kann nicht leugnen, dass sich meine Familie so verhalten hat. Aber die Wahrheit ist, dass ich nie ein richtiger Christ gewesen bin, und ich bin der Meinung, dass es jetzt zu spät für mich ist.«

Lionel schüttelte den Kopf. Das war traurig, aber auch beängstigend.

»Nun, Lionel, sag mir, dass ich Unrecht habe.«

»Das ist ja das Problem«, meinte Lionel. »Das kann ich nicht, weil ich glaube, dass es mir genauso geht.«

»Das ist nicht gerade das, was ich hören wollte«, antwortete André. »Irgendwie hatte ich gehofft, du wärst noch jung genug, um glauben zu können.«

»Na ja, Mama sagt, man sei niemals zu jung oder zu alt und man sei niemals zu gut oder zu schlecht, um Christ zu werden.«

»Ich weiß, dass sie dieser Meinung ist. Denn ich bin ja mit ihr aufgewachsen. Aber was meinst du damit, wenn du sagst, dir würde es genauso gehen?«

Lionel wusste nicht so genau, wie er es ausdrücken sollte, ohne damit herauszuplatzen. »Ich bin auch nie richtig Christ geworden.«

André blinzelte und lächelte ihn an. »Dann sind wir beide also die Heiden in der Washington-Familie?«

Lionel fand das gar nicht witzig. »Na, das ist allerdings ein Geheimnis. Alle denken, du seist Christ, würdest nur dann und wann einmal ausrasten. Und von mir denken sie, ich könnte eines Tages Prediger oder Missionar werden.«

André fädelte sich wieder in den Verkehr ein. »Du solltest mit deiner Mutter darüber sprechen«, meinte er. »Mir wäre es lieber, du würdest so werden wie sie und nicht wie ich.«

»Ich kann nicht mit ihr sprechen«, entgegnete Lionel. »Das würde ihr das Herz brechen. Sie hält mich für den besten Christen, den sie kennt. Du wirst ihr doch nichts erzählen, oder?«

»Nicht, wenn du es nicht willst. Du könntest auch über mich den Mund halten. Jeder wahrt das Geheimnis des anderen, okay?«

Lionel nickte, aber er hatte ein ungutes Gefühl. Er fragte sich, ob André genauso darüber beunruhigt war, dass Lionel kein Christ war, wie er über André. »Hast du denn keine Angst, dass alles wahr sein könnte?«, fragte Lionel. »Und dass wir schließlich in die Hölle kommen?«

André stellte den Wagen in der Gasse hinter dem Haus seiner Eltern ab. Er warf den Kopf in den Nacken und lachte aus vollem Hals. »Also das«, sagte er, »glaube ich schon überhaupt nicht. Früher habe ich das vielleicht noch für bare Münze genommen, aber mittlerweile habe ich das längst hinter mir gelassen. Ein paar von diesen Geschichten und Legenden über das, was am Ende der Welt passieren wird – also, ich weiß nicht, wo die Prediger das her haben. Ich kann mir nicht vorstellen, dass das in der Bibel steht.«

»Mama sagt, dass es sehr wohl drin steht.«

»Na ja, vielleicht kann sie mir das eines Tages einmal zeigen und dann werde ich darüber nachdenken. In der Zwischenzeit werde ich mir wegen dieser Märchen nicht den Kopf zerbrechen und du solltest das auch nicht tun.«

Aber Lionel machte sich Sorgen. Als sie ins Haus kamen, hatten sich alle um das Klavier gesetzt und sangen Lieder. Lionel gefiel das. Er konnte gut singen und liebte Musik. Onkel André sang auch mit, aber einmal blinzelte er Lionel zu. Dann schob er sich näher an ihn heran und flüsterte: »Das sind schöne Lieder, aber denk daran, die Hälfte davon ist ein guter Lebensstil und die andere Hälfte ein Märchen.«

Lionel fragte sich, ob Onkel André das wirklich glaubte. Er war cool und älter als er und er schien sich in der Welt auszukennen. Falls sich jemand Gedanken darüber machen sollte, was mit ihm passierte, wenn er starb oder das Ende der Welt anbrach, dann sollte es André selbst sein. Aber er schien sich keine Gedanken zu machen. Er hatte sich für einen Lebensstil entschieden. Er hatte sich selbst davon überzeugt, dass er seiner Familie etwas vorspielen konnte. Niemand würde etwas merken.

Lionel wäre lieber so geworden wie seine Mutter und nicht wie sein Onkel, aber er wusste, dass er und André sich in vielem ähnlich waren. André machte zwar viele üble Sachen, aber falls das stimmte, was Lionels Mutter und die anderen aus der Familie glaubten, dann saßen er und André im selben Boot.

André begann, zur Musik zu tanzen. Seine Verwandten klatschten und feuerten ihn an. Lionel musste unwillkürlich lächeln, als er sah, wie sein fröhlicher Onkel alle anderen unterhielt. Lionels Mutter legte den Arm um ihn, während sie André beobachtete. Sie zog Lionel an sich und flüsterte: »Ist der Herr nicht wundervoll? Haben wir nicht einen guten Gott?«

Lionel versuchte, sie zu ignorieren, aber sie ließ ihm keine Ruhe. »Nicht?«, fragte sie. »Bist du nicht froh, dass du einem Gott dienen kannst, der dich so sehr liebt?«

»Hmm«, log Lionel. »Sicher, Mama. Natürlich bin ich das.«

Ihm war schrecklich zu Mute. Er fühlte sich wie ein Heuchler. Wie der Lügner, der er war.

Kapitel 4

Ryan, der Skeptiker

Und dein richtiger Name ist wirklich Rayford?«, rief Ryan Daley. »Wir kennen uns jetzt schon so lange, aber das wusste ich ja gar nicht!«

Raymie Steele lächelte und schüttelte den Kopf. »Mach doch nicht so einen Aufstand, sonst verrate ich den anderen deinen zweiten Namen!«

Die beiden Jungen wohnten in derselben Straße, der eine an ihrem Anfang, der andere am Ende. Sie waren schon zusammen in den Kindergarten gegangen und jetzt besuchten beide die sechste Klasse. Sie standen sich so nahe wie Brüder. Ryan war Einzelkind; Raymie hatte zwar eine Schwester, aber Chloe war acht Jahre älter als er und studierte bereits seit zwei Jahren am College. Also war auch er praktisch ein Einzelkind.

Ryan und Raymie hatten vieles gemeinsam. Beide hatten einen Vater, der sehr wenig Zeit für seinen Sohn hatte. Die beiden Jungen brauchten einander. Ryan war ein wenig kleiner und dicker als Raymie, der die Figur seines Vaters geerbt hatte. Er war groß, schlank und dunkelhaarig, während Ryan blond und trotz seiner Figur der bessere Sportler von ihnen war.

Wie alle guten Freunde besprachen sie alles miteinander. Dann und wann zankten sie sich zwar und schworen, nie wieder auch nur ein Wort miteinander zu wechseln. Doch am nächsten Tag rief der eine oder der andere an oder kam einfach vorbei, und sie machten da weiter, wo sie aufgehört hatten – als die besten Freunde. Keine Entschuldigungen, der Streit wurde nicht mehr erwähnt. Sie waren einfach wieder Freunde.

Schon am Anfang war ihnen aufgefallen, wie ähnlich ihre Vornamen klangen. Und diese Feststellung hatte die Diskussion über ihre richtigen Namen ausgelöst. Ryan erzählte, er sei nach drei berühmten Einwohnern Chicagos benannt worden. »Mein Vorname kommt von Dan Ryan. Ich weiß nicht einmal, wer er war, aber ein Highway ist nach ihm benannt worden. Und mein zweiter Name – versprich mir, dass du ihn keiner Menschenseele verraten wirst – ist derselbe wie der eines ehemaligen Bürgermeisters, der vor langer Zeit ermordet wurde.«

»Und wie hieß der?«

»Das möchte ich dir nicht erzählen. Ich trau dir nicht.«

»Wenn du mir nicht vertrauen kannst –«

»Na gut, ich vertraue dir. Aber du musst es versprechen.«

»Ich verspreche.«

»Und du musst mir ein Geheimnis erzählen, das sonst niemand wissen darf.«

»Ist gut.«

»In Ordnung«, meinte Ryan. »Der Bürgermeister hieß Anton Cermak.«

Raymie Steele krümmte sich vor Lachen. »Also«, meinte Raymie, als er wieder zu Atem kam, »wie lautet nun dein zweiter Name, Anton oder Cermak?«

»Cermak«, murmelte Ryan.

»Nein!«

»Ja! Ist das nicht schrecklich? Und mein Nachname ist auch derselbe wie der eines ehemaligen bekannten Bürgermeisters.«

»Ich weiß. Wie wurde denn dieser Bürgermeister, dem du deinen zweiten Namen zu verdanken hast, ermordet?«

»Ich musste das einmal im Lexikon nachschlagen. Aus irgendeinem Grund hielt er sich wohl mit Präsident Roosevelt in Florida auf, als irgend so ein Kerl versucht hat, den Präsidenten zu erschießen, ihn aber verfehlte und stattdessen Cermak traf.«

»Welcher Roosevelt?«

»Keine Ahnung. Gibt es denn mehr als einen?«

»Natürlich«, erwiderte Raymie. »Teddy und Franklin.«

»Dann war es vermutlich Teddy.«

»Wann war das?«

»Ich glaube, in den dreißiger Jahren.«

»Dann muss es Franklin gewesen sein.«

»Ist ja auch egal, Raymie. Woher weißt du das alles?«

»Weiß nicht. Ich lerne eben gern und kann viel davon behalten.«

»Und jetzt musst du mir etwas erzählen, das kein anderer wissen darf.«

»Okay, Ryan, da wir gerade von Namen sprechen, ich bin eigentlich ein ›Junior‹.«

»Du hast denselben Namen wie dein Dad?«

»Ja.«

»Dann heißt er auch Raymond? Du heißt eigentlich Raymond Steele?«

»Nein. Rayford.«

Jetzt musste Ryan lachen. Sie schworen sich, sie würden es niemals weitererzählen. Doch wenn sie allein waren, nannten sie sich »Rayford« und »Cermak« und lachten sich jedes Mal halb tot.

Einer der Gründe, warum ihre Freundschaft so gut funktionierte, war der, dass trotz all ihrer Ähnlichkeiten jeder seine persönlichen Stärken und Schwächen hatte. Raymie war der eifrige Schüler, derjenige, der alles zu wissen schien und in der Regel Recht hatte. Es machte Ryan verrückt, dass die Schule Raymie tatsächlich Spaß machte.

Ryan hingegen war ein begeisterter Sportler. Für ihn zählte in der Schule nur der Sportunterricht. Er liebte und beherrschte jede Sportart und gab darin sein Bestes.

Er war der schnellste Läufer, er konnte am höchsten springen, am besten werfen und fangen und war sogar der beste Basketballspieler seiner Klasse. Raymie gab zu, dass er unsportlich war, aber er sah Ryan gern zu und war stolz, dass er sein Freund war.

Ryan gefiel es, wenn sie entweder bei ihm oder bei Raymie zusammen übernachten konnten. Im Stillen bewunderte Ryan den Vater von Raymie. Rayford Steele Senior war Pilot und steuerte die ganz großen 747er.

Mr. Steele hatte Raymie und Ryan einmal zum Flughafen und ins Cockpit einer solchen Maschine mitgenommen. Sie konnten zusehen, wie die Maschinen starteten und landeten, und Captain Steele gab ihnen Pilotenmützen und sogar alte Computerausdrucke, auf denen die Wetterlage beschrieben wurde.

Wann immer Ryan bei Raymie übernachtete, hoffte er, Captain Steele wäre zu Hause und würde ihnen von seinen Erlebnissen berichten. Mr. Steele betonte immer wieder, dass sein Job reine Routine und langweilig sei. »Wichtig ist nur, dass wir ihn richtig tun und Maschine und Passagiere nicht in Gefahr bringen«, sagte er. Er war noch nie abgestürzt. Das enttäuschte Ryan, weil er fand, dass das wirklich eine großartige Sache sei.

Das Einzige, was Ryan bei Raymie zu Hause nicht gefiel, war, dass Mrs. Steele so schrecklich fromm war. Vor dem Essen wurde immer gebetet und sie sprach oft über Gott und erzählte sogar Geschichten aus der Bibel. Einige davon gefielen Ryan ganz gut, aber es machte ihn nervös, wenn Mrs. Steele Raymie aufforderte, das Beten vor dem Schlafengehen nicht zu vergessen. Gemeinde, Gebet und biblische Geschichten hatte es in Ryans Leben nie gegeben.

Sein Vater hatte keinen so aufregenden Beruf wie Mr. Steele. Er war Verkaufsmanager einer großen Firma. Ryan war stolz darauf, dass sein Dad beruflich so erfolgreich war und viel Geld zu verdienen schien. Er wirkte immer ein wenig erregt, wenn er sagte: »Vermutlich verdiene ich nicht so viel Geld wie der Vater deines Freundes, der Pilot, aber so groß kann der Unterschied nicht sein.«

Ryans Mutter arbeitete ebenfalls, darum war Ryan nach der Schule häufig allein. Wenn seine Eltern nicht da waren, durfte er keinen Besuch haben, aber schon seit Jahren setzten er und Raymie sich über diese Regel hinweg. Sie spielten miteinander, aßen zusammen und sahen fern, wobei sie immer genau aufpassten, wann Mrs. Daley nach Hause kam. Sobald sie in die Einfahrt einbog, schlüpfte Raymie zur Vordertür hinaus, während sie hinten hereinkam. Wenn sie erst einmal im Haus war, konnte er ruhig klingeln, als wäre er gerade erst gekommen.

Auf diese Weise bekam Ryan keinen Ärger. Aber vor ein paar Monaten hatte sich einiges geändert. Auf einmal hatte Raymie Entschuldigungen, warum er nach der Schule nicht mehr mit zu ihm kommen konnte. Schließlich fragte ihn Ryan ganz offen danach. »Was ist los, Raymie?«

»Na ja, du darfst doch keinen Besuch haben, wenn deine Eltern nicht da sind, nicht?«

»Aber hallo!«, erwiderte Ryan. »Diese Regel brechen wir doch schon seit langem. Meine Mom hat nie auch nur einen Verdacht gehabt.«

»Aber trotzdem ist es nicht richtig.«

»Sie hat uns aber noch nie erwischt, Raymie!«

»Ich spreche hier nicht vom Erwischen. Ich spreche davon, dass es nicht richtig ist.«

»Und wenn sie uns erwischt, dann sagen wir einfach, es sei das erste und einzige Mal gewesen.«

Raymie hatte den Kopf geschüttelt und Ryan war frustriert gewesen. »Wenn du lügst, machst du es nur noch schlimmer«, sagte Raymie.

»Wen kümmert das denn?«

»Mich!«, erwiderte Raymie.

»Und warum auf einmal?«

»Darüber muss ich mit dir einmal sprechen.«

»Dann komm doch mit zu mir und wir reden darüber.«

»Ryan, du verstehst das einfach nicht. Ich werde nicht mehr zu dir kommen, wenn deine Mutter nicht da ist, okay? Du musst nicht damit einverstanden sein, aber so wird es sein.«

»Du hast Recht. Ich verstehe es nicht. Was ist denn auf einmal in dich gefahren?«

»Komm doch mit zu mir, dann erkläre ich es dir. Hast du deiner Mutter nicht gesagt, dass du, wenn du mal nicht zu Hause bist, nur bei mir sein kannst?«

Ryan nickte. Wenige Minuten später unterhielten sie sich in Raymies Garage. Seine Eltern waren zufällig beide zu Hause. Raymie kam sofort zur Sache.

»Wir sind in eine neue Gemeinde gegangen und dort haben wir eine Menge neuer Dinge gelernt.«

»Oh nein, nicht das schon wieder! Werden wir jetzt zusammen beten?«

»Nein«, erwiderte Raymie. »Das hier ist anders. Wirklich. In unserer alten Gemeinde haben wir an Gott und die Bibel und alles das geglaubt –«

»Als ob ich das nicht wüsste!«

»Ja, aber wir waren irgendwie gelangweilt, vor allem meine Mutter.«

»Deine Mutter? Ich dachte, sie mag so was.«

»So war es auch, aber sie meinte, irgendetwas würde fehlen. Jemand hat sie in diese neue Gemeinde eingeladen und wir sind hingegangen. Dort haben wir eine ganze Menge mehr erfahren.«

»Zum Beispiel?«

»Willst du das wirklich wissen?«

»Nein, aber irgendwie habe ich das Gefühl, dass du es mir sowieso erzählen wirst, also lass es uns hinter uns bringen.«

Ryan hatte gehofft, das würde Raymie verletzen und sie könnten etwas miteinander unternehmen, aber Raymie kam gleich zur Sache. »Diese neue Gemeinde, die New Hope hier in der Stadt, hat einen sehr netten alten Pastor –«

»Warte mal, wie heißt diese Gemeinde?«

»New Hope Village Church.«

»Komischer Name für eine Kirche.«

»Ist auch egal, auf jeden Fall ist Pastor Billings ein sehr netter alter Mann, aber er liest nicht nur aus der Bibel vor und redet dann so ganz allgemein über den Text wie der Pastor in unserer alten Gemeinde. Pastor Billings möchte, dass alle den Text mitlesen, und er sagt uns, wir sollten auch zu Hause jeden Tag in der Bibel lesen.«

»Jeden Tag? Ach du meine Güte!«

»Nein, es ist großartig. Auf diese Weise kann man ihn überprüfen und sichergehen, dass wir es richtig verstanden haben und damit einverstanden sind.«

»Aber das ist doch so langweilig.«

»Das habe ich früher auch gedacht, Ryan. Mir gefielen die Geschichten in der Sonntagsschule, doch den Gottesdienst hab ich gehasst. Ich dachte, dass ich auch in der neuen Gemeinde den Gottesdienst ätzend finden würde, aber so war es nicht. Pastor Billings sagt, ein Christ müsse mehr tun, als nur zur Kirche zu gehen und zu versuchen, ein guter Mensch zu sein. Weißt du, was er sagt?«

»Nein, aber sprich nur weiter. Du wirst eines Tages selbst Prediger werden.«

»Er sagt, wir könnten Gott kennen lernen.«

»Ach, komm schon!«

»Nein! Genau das hat er gesagt. Er hat uns aus der Bibel vorgelesen, dass Gott alle Menschen liebt und möchte, dass sie ihn kennen lernen. Aus diesem Grund ist Jesus auf die Erde gekommen. Er war eigentlich Gott und –«

»Ja, und er hat uns gelehrt, wie wir leben sollen und so, ich weiß.«

»Nein, nicht nur das. Er möchte, dass die Menschen echte Christen werden und ihm nachfolgen. Sie sollen nicht nur tun, was er ihnen aufgetragen hat, sondern er möchte in unser Leben kommen.«

»Das check ich nicht!?«

»Ich wünschte, ich könnte dir das so erklären, wie er es tut. Du musst unbedingt mal mitkommen.«

»Das glaube ich nicht.«

»Komm schon! Wenn du mir sagen würdest, dass etwas ganz großartig und wichtig ist, würde ich es mir zumindest anhören.«

»Wie schön für dich! Und du denkst, ich würde Jesus folgen oder ihn, wie hast du noch gesagt, ›in mein Leben …‹?«

»Aufnehmen.«

»Komische Sache.«

»Ich erklär es nur nicht richtig. Meine Mom kann das besser. Komm, wir gehen hin und fragen sie.«

»Nein! Ich habe genug gehört, okay? Du kennst jetzt Gott, stimmt's?«

»Ja …«

»Und deshalb willst du alle Regeln befolgen und alles richtig machen. Warum? Damit du in den Himmel kommst?«

»Nein! Das habe ich früher auch gedacht. Wenn ich dann etwas Falsches gemacht habe – zum Beispiel das Verbot deiner Mom ignoriert habe –, fühlte ich mich schlecht, weil ich dachte, dass ich deswegen in die Hölle komme. Ich dachte, wenn ich genügend Gutes tue, würde das das Böse vielleicht wettmachen und ich würde in den Himmel kommen. Aber ich wusste es nie ganz genau.«

»Jetzt versteh ich dich wirklich nicht mehr.«

»Darum solltest du mit meiner Mutter sprechen. Wir beide haben Christus angenommen und –«

»Christus angenommen? Du wirst doch jetzt nicht wie diese Sektentypen von Tür zu Tür ziehen, oder?«

»Manchmal würde ich das gern, Ryan. Ich möchte, dass alle davon hören.«

»Also, wenn man nicht durch gute Taten in den Himmel kommt, warum bist du dann plötzlich so vollkommen geworden?«

»Das bin ich ja gar nicht. Ich möchte das Richtige tun, weil ich weiß, dass Gott das möchte. Aber ich tue das nur, um ihm dafür zu danken, dass er mir meine Fehler vergeben, mich errettet und mir versprochen hat, dass ich eines Tages in den Himmel kommen werde. Verstehst du, was ich meine?«

»Nein.«

»Und du willst nicht mit meiner Mom sprechen?«

»Nein, vielen Dank. Was ist mit deinem Dad?«

»Na ja, wir beten für ihn.«

»Dann fährt er also nicht drauf ab?«

Raymie wirkte verlegen. »Nicht richtig.«

»Na ja, vielleicht ist ja wenigstens noch einer aus dieser Familie bei Verstand. Was ist denn mit deiner großen Schwester?«

»Wir beten auch für Chloe.«

»Ich bin also nicht der Einzige aus deinem Bekanntenkreis, der das alles für einen Haufen Quatsch hält?«

»Du hältst das für Quatsch?«

»Nicht richtig, Raymie. Es klingt nur alles so komisch, das ist alles. Und ich glaube, dass nicht einmal du das richtig verstanden hast.«

Raymie zuckte die Achseln. »Das stimmt, aber ich versteh genug.«

»War's das?«

»Ich denke schon.«

»Wollen wir mit dem Modell von dem Flugzeug deines Vaters spielen?«

»Ich hole es.«

Als Raymie die Garage verließ, ließ er die Tür zum Haus einen Spalt offen. Plötzlich war Ryan Zeuge einer seltsamen Unterhaltung. Mr. und Mrs. Steele sprachen über etwas, das noch abwegiger war als das, was Raymie ihm erzählt hatte.

»Kannst du dir das vorstellen, Ray?«, sagte sie gerade. »Jesus kommt wieder, um uns zu holen, bevor wir sterben!«

Ryan hörte das Knistern der Zeitung. Mr. Steele antwortete: »Mann, das würde mich umbringen.«

Jetzt schien Mrs. Steele wütend zu sein. »Wenn ich nicht wüsste, was mit mir passieren würde«, sagte sie, »dann würde ich nicht so gleichgültig auf so etwas reagieren.«

»Ich weiß, was mit mir passieren wird«, erwiderte Mr. Steele. »Ich werde tot sein und das war's dann. Aber du wirst natürlich direkt in den Himmel fliegen.«

Das schien sie zum Schweigen zu bringen. Ryan hörte, wie Mr. Steele sich erhob. »Komm schon, Irene«, meinte er. »Du willst mir doch nicht erzählen, dass Tausende von Menschen einfach tot umkippen, wenn Jesus kommt, um die Guten zu holen.«

Jetzt weinte sie. »Ich habe es dir immer wieder gesagt. Errettete Menschen sind keine guten Menschen, sie sind –«

»Ich weiß, ihnen ist nur vergeben worden.«

Ryan hörte, wie Raymie die Treppen herunterlief. Mr. Steele sagte gerade: »Wenn dir das hilft, ich freue mich für dich, dass du dir da so sicher bist.«

Raymies Mutter sprach leise. »Ich glaube nur an das, was die Bibel sagt.«

Diese Leute sind echt verrückt, fand Ryan. Er wollte Raymie fragen, was seine Eltern gemeint hatten, als sie davon sprachen, dass Jesus wiederkommen würde, um die Menschen zu holen, bevor sie starben. Aber er wollte viel lieber spielen und an etwas anderes denken.

Er nahm sich vor, Raymie eines Tages vielleicht tatsächlich einmal in diese neue Gemeinde zu begleiten und zu sehen, was es damit eigentlich auf sich hatte.

Aber er tat es nicht.

Teil II

Die Ruhe vor dem Sturm

Kapitel 5

Die Nacht der Zerstörung

Am Abend vor dem Ereignis, das das Leben von Judd Thompson, Vicki Byrne, Lionel Washington und Ryan Daley für immer verändern sollte, kannten sich die vier Jugendlichen noch nicht. Sicher, Judd Thompson hatte Vicki Byrne bei den wenigen Gelegenheiten in der *New Hope Village Church* gesehen, bei denen sie zeternd und schreiend von ihren Eltern mitgeschleppt worden war. Aber ihren Namen kannte er nicht.

Er wusste, dass sie in dieselbe Schule ging wie er, die *Prospect High*. Aber sie gehörte zu diesem »Abschaum« von Menschen, die in der Wohnwagen-Anlage lebten. Mit Sicherheit hätte er sich mit ihr auch nie irgendwo sehen lassen. Natürlich wusste er genauso wenig wie Lionel Washington, dass Lionels Schwester Clarice im Schulbus immer neben Vicki saß. Judd und Clarice verkehrten auch nicht in denselben Kreisen.

Als während des Fluges nach London der Name des Piloten genannt wurde, fiel Judd gar nicht auf, dass der Kapitän ebenfalls gelegentlich die *New Hope*-Gemeinde besuchte. Judd hatte Raymie Steele in der Gemeinde gesehen. Raymie war Mitglied seiner Jugendgruppe. Aber Judd kannte Raymies Namen nicht. Und ganz bestimmt hatte er Raymies besten Freund Ryan Daley noch nie gesehen.

Tatsächlich bestanden gewisse Verbindungen zwischen den vier Jugendlichen, von denen sie aber nichts wussten. Nur die Ereignisse dieser Nacht, vorwiegend das Ereignis des späten Abends Chicagoer Zeit, würde sie zusammenbringen, eine seltsame Mischung ganz unterschiedlicher Menschen und Persönlichkeiten.

Judd Thompson jr. nahm einen viel zu großen Schluck Champagner. Er musste die Hand über den Mund legen, damit er nicht wieder herauslief. Die prickelnde Flüssigkeit stach ihm in der Nase und brannte, als er hustete. Verlegen sah er sich um und war erleichtert festzustellen, dass niemand ihn beachtete. Hicks! Er würde einfach so tun, als würde er trinken, bis die hübsche Flugbegleiterin das Glas fortnahm.

Judds Blick fiel auf die beiden Sitze vor den Männern, die auf der anderen Seite des Ganges in seiner Reihe saßen. Ein ziemlich großer Mann zwängte sich an Judd vorbei, um auf dem Fensterplatz neben ihm Platz zu nehmen, und so großzügig die Plätze der ersten Klasse auch bemessen waren, Judd hätte lieber allein gesessen, wenn er die Wahl gehabt hätte. Am Schalter hatte man ihm gesagt, dass er den letzten Platz in der Maschine bekommen hatte, aber die beiden Plätze auf der anderen Seite waren noch immer frei. Er hoffte, wer immer sie reserviert hatte, hätte seine Meinung geändert oder würde aus irgendeinem Grund den Start verpassen.

Doch gerade als die Flugbegleiterinnen die Gläser und Servietten einsammelten und die Passagiere baten, die Tischtabletts hochzuklappen, kam ein älteres, gebückt gehendes Ehepaar an Bord und ging zielstrebig auf diese beiden Plätze zu. Die Flugbegleiterin hatte den anderen Passagieren der ersten Klasse geholfen, ihr Gepäck zu verstauen, doch als diese beiden alten Leute an Bord kamen, waren sie alle beschäftigt.

Der junge Mann auf dem Fensterplatz neben Judd schloss seinen Laptop. Als sein Blick auf das ältere Ehepaar fiel, wandte er sich an den Mann zu seiner Rechten, der bereits seine Krawatte gelockert und drei kleine Flaschen Alkohol getrunken hatte. »Sir, ich glaube, dieser ältere Herr könnte ein wenig Hilfe brauchen.«

»Ach ja?«, antwortete sein Sitznachbar. »Und was hat das mit mir zu tun? Seh ich etwa aus wie eine Stewardess?«

»Würden Sie mich dann vielleicht vorbei lassen, damit ich ihm helfen kann?«

Der Mann fluchte und rückte ein wenig zur Seite, damit der junge Mann vorbei konnte. Judd beobachtete, wie der alte Mann sein Sportjackett auszog und seinen Hut abnahm. Er wollte sie in das Gepäckfach legen, doch es war zu hoch für ihn.

»Kann ich Ihnen vielleicht helfen?«, fragte der jüngere Mann.

»Vielen Dank, junger Mann. Das ist sehr freundlich.«

»Kein Problem.«

»Wie heißen Sie?«

»Buck Williams«, erklärte er dem alten Mann.

»Peterson«, stellte der alte Mann sich vor und streckte Buck die Hand entgegen.

Fasziniert verfolgte Judd die Szene. Harold Peterson stellte seine Frau vor, und als sie sich setzten, erzählte Mrs. Peterson Buck, ihr Mann sei pensionierter Geschäftsmann. Sie fragte ihn, womit er seinen Lebensunterhalt verdiente.

»Ich bin Reporter beim Global Weekly«, antwortete Buck.

Wow, dachte Judd. *Eine große Nummer. Und noch so jung.*

Nach dem Start wurde das Abendessen serviert. Judd sah sich den Film an und versuchte danach, sich zu entspannen. Die meisten Passagiere legten ihre Bücher und Zeitschriften beiseite und nahmen sich Decken und Kissen, um zu schlafen. Bald darauf erlosch die Innenraumbeleuchtung, und als Judd das kleine Bad aufsuchte, bemerkte er nur hier und da eine Leselampe. Als er wieder auf seinem Platz saß, war es im Flugzeug bereits still geworden. Er wünschte, er könnte schlafen, aber seine Familie ging ihm nicht aus dem Kopf.

Wann würden sie merken, dass er fort war? Was würden sie empfinden? Was würden sie tun? War es zu spät, einfach ins nächste Flugzeug zu steigen und nach Hause zu fliegen, sich zu entschuldigen und um Verständnis zu bitten? Nein, er würde das hier durchziehen. Er würde beweisen, dass er unabhängig sein konnte.

Aber Junge, dachte er, *das wird ganz schön anstrengend werden.* Wenn dieses Flugzeug in London landete, würde er sich eine Unterkunft suchen müssen. Der Gedanke an das, was ihn erwartete, machte ihn nervös. Er war zwar müde, schaffte es aber nicht, die Augen zu schließen. Er musste über so vieles nachdenken.

Zwei Jahre lang, seit ihre Eltern bei dieser Tanzveranstaltung in der Wohnwagen-Anlage Christen geworden waren, wartete Vicki Byrne nun schon darauf, dass sie in ihren alten Lebensstil zurückfielen. Ihr war es peinlich, dass sie anderen ständig von Christus erzählten. Sie wollten den Menschen, die ihnen wichtig waren, den Glauben nahebringen.

Das alles klang so sehr nach Sekte und erinnerte Vicki immer an diese komischen Gestalten, die die Leute auf Flughäfen anquatschten. Damit wollte sie auf keinen Fall etwas zu tun haben. Aber ihre kleine Schwester war so versessen auf die Sonntagsschule und den Gottesdienst, dass Vicki beschloss, Jeanni deswegen nicht aufzuziehen. Sogar ihr älterer Bruder Eddie schrieb ihr in einem Brief, er würde jetzt in Michigan eine Gemeinde besuchen.

Vicki hatte das Gefühl, von Idioten umgeben zu sein. Allerdings war sie beeindruckt davon, dass ihr Vater das Trinken vollkommen aufgegeben hatte. Zwar rauchte er noch, aber er versuchte, auch von den Zigaretten loszukommen. Er sagte immer, er sei traurig darüber, dass er es nicht schaffte, aber noch nie hatte sie ihn in der Gemeinde rauchen sehen und er rauchte auch nicht mehr in ihrem Wohnwagen. Häufig sagte er: »Ich bin fest davon überzeugt, dass Gott mir eines Tages die Kraft geben wird, davon loszukommen.«

Vickis Mutter flehte sie an, sie doch wenigstens ab und zu in den Gottesdienst zu begleiten. Schließlich hatte Vicki nachgegeben und gefragt, ob sie sie in Ruhe lassen würden, wenn sie einmal im Monat mitkommen würde. Ihre Eltern waren einverstanden, aber in Wirklichkeit hatte sie sich insgesamt nur drei- oder viermal dazu aufgerafft. Jedes Mal, wenn ihre Mutter oder ihr Vater sie daran erinnerte, dass sie ihren Teil der Abmachung nicht einhielt, begann der Ärger. Sie schwor dann, dass sie doch erst im vergangenen Monat im Gottesdienst gewesen. Daraufhin zeigten ihre Eltern ihr auf dem Kalender, dass es nicht so gewesen war, und sie reagierte mit Schreien und Schimpfen und verschwand.

Die wenigen Gottesdienste, die sie besucht hatte, waren schrecklich gewesen. Manchmal sah ihre Mutter sie an, um zu sehen, ob sie das gehört hatte, was der Pastor gerade gesagt hatte, dann wieder beugte sie sich vor und wiederholte den letzten Satz des Pastors. »Verschwinde, du versperrst mir die Sicht!«, zischte Vicki ihr dann zu. Und wieder kämpfte ihre Mutter mit den Tränen.

Vicki verstand sich selbst nicht. Immer wieder fragte sie sich, warum sie so gemein war, so zornig. Es war doch offensichtlich, dass diese Sache, was immer es war, funktionierte. Ihr Dad war ein neuer Mensch. Er schwänzte nie die Arbeit, kam immer rechtzeitig, wurde befördert und hatte auch mehr Freunde. Er trank keinen Schluck Alkohol mehr und wirkte sehr viel glücklicher. Der einzige wunde Punkt in seinem Leben war, abgesehen von seinem Rauchen, Vicki. Sie konnte spüren, wie er immer frustrierter wurde, und sie musste zugeben, dass sie immer wieder versuchte, ihn zu provozieren. Warum? Damit sie nicht solche Gewissensbisse hatte.

Seine Wutausbrüche in der Vergangenheit hatte sie immer als ganz schrecklich empfunden, doch diese neue

Besessenheit von der Gemeinde und Gott war noch schlimmer. Das eine Mal, wo sie es tatsächlich geschafft hatte, dass er die Fassung verlor, schrie er sie nicht an, sondern brach vielmehr fast zusammen. »Ich glaube, dass der Teufel deine Seele im Griff hat und nicht loslassen will!«, rief ihr Vater.

Vicki lachte ihn aus. »Was?! Das glaubst du ernsthaft, oder? Du denkst, wir würden noch im Mittelalter leben und dass ich vielleicht eine Hexe bin, ist es das?«

»Das habe ich nicht gesagt«, antwortete ihr Vater stöhnend.

»Merkt ihr denn nicht, wie verrückt ihr alle seid? Und jetzt lasst mich mit diesem Kram in Ruhe!«

»Wir möchten doch nicht, dass du in die Hölle kommst!«, flehte ihre Mutter.

»Wenigstens bin ich dann mit meinen Freunden zusammen«, erwiderte Vicki sarkastisch. Sie hatte gehört, wie Leute sagten, sie wollten die Ewigkeit zusammen mit ihren Freunden verbringen. Sie fand das eine vernünftige Einstellung. Doch ihre Eltern hatten nur noch mehr geweint. All das ließ sie nicht wirklich an sich heran. Es machte sie krank. Spätestens in einem Jahr oder so würden sie gar nicht mehr versuchen, sie zu zwingen, in den Gottesdienst zu gehen.

Das einzige Kontrollmittel, das Vickis Eltern noch besaßen, war, dass sie ihr Hausarrest geben konnten. Wenn sie zu lange wegblieb, durfte sie gar nicht mehr weggehen und nichts mehr unternehmen. Sie wussten zwar nicht, wo sie sich aufhielt und was sie tat, aber sie konnten sich ausmalen, welche Art von Freunden sie hatte, und natürlich billigten sie ihre Freunde nicht.

Die letzten beiden Male, bei denen sie zu lange fortgeblieben war, hatte sie es geschafft, unentdeckt in den Wohnwagen zu schlüpfen und am Schlafzimmer ihrer schlafenden Eltern vorbeizuschleichen.

An diesem Abend, dem Abend, an dem sich Judd Thompson jr. auf der Flucht vor der Langeweile unterwegs nach London befand, ging Vicki wieder aus. Ihre Eltern würden einen Anfall bekommen, dachte sie, wenn sie wüssten, was sie und ihre Freunde vorhatten. Sie hatten ein wenig Marihuana aufgetrieben und fuhren mit älteren Jugendlichen, die bereits stolze Besitzer eines Autos waren, durch die Gegend.

Als ihre Freunde sie am Eingang der Wohnwagen-Anlage absetzten, war Vicki bereits mehr als eine Stunde zu spät. Ihre Mutter hatte ihr gesagt, sie würde in dem kleinen Wohnzimmer auf sie warten. Vicki fühlte sich ausgelaugt und hatte keine Lust auf die Strafpredigt, die sie nun erwartete, den Hausarrest, das Gejammere, die Gebete.

Als ihr Wohnwagen in Sicht kam, bemerkte sie, dass nur die Leselampe im Wohnzimmer brannte. Falls ihre Mutter tatsächlich dort saß und döste, würde sie bestimmt aufwachen, wenn Vicki versuchte, sich an ihr vorbeizuschleichen. Da kam ihr eine Idee. Sie würde einfach zur Hintertür hereinkommen. Wenn ihre Mutter sie dann im Bett entdeckte, würde sie schwören, sie wäre rechtzeitig nach Hause gekommen und hätte sogar versucht, ihre Mutter aufzuwecken.

Vicki schlich um den Wohnwagen herum, wobei sie versuchte, möglichst keinen Lärm zu machen. Das war auf dem Kies gar nicht so einfach. Langsam öffnete sie die kleine Tür, damit sie nicht quietschte. Sie hielt die Luft an, als sie sie hinter sich zuzog. Aus dem Wohnzimmer drang Licht zu ihr herüber. Im Dunkeln zog sie sich aus und schlüpfte in das Schlafzimmer, das sie mit Jeanni teilte.

Als Vicki auf dem Rücken in ihrem Bett lag, ließ die Anspannung ein wenig nach. Aber irgendetwas war komisch. Vielleicht hatte das Marihuana ihre Wahrnehmungsfähigkeit ein wenig getrübt, mutmaßte sie. Denn normalerweise konnte sie ihren Vater schnarchen hören. Und sie hörte sonst immer Jeannis tiefes Atmen von der anderen Seite des Zimmers.

Aber jetzt hörte sie nichts, absolut gar nichts.

Umso besser, dachte sie. Sie war so müde wie selten in ihrem Leben und dankbar für die Ruhe, die es ihr gestattete, in einen tiefen Schlaf zu sinken.

Lionel Washington freute sich immer auf die Abende, an denen Onkel André bei ihnen in Mount Prospect übernachtete. Manchmal nahm er dort an einem Treffen der Anonymen Alkoholiker oder einer Sitzung einer der anderen Selbsthilfegruppen teil, zu denen er gehörte. Es konnte aber auch sein, dass er einfach »geschäftlich« in der Gegend war. Lionels Mutter vermied es jedoch sorgfältig, nähere Auskünfte über die Art seiner Geschäfte einzuholen.

An dem Abend, an dem Judd Thompson jr. in der 747 nach London saß und nicht einschlafen konnte und Vicki Byrne in ihr Bett kroch und nicht wach bleiben konnte, saß Lionel müde zu Hause.

Lionels ältere Schwester Clarice hatte ihrer Mutter am frühen Abend geholfen, die jüngeren Kinder zu Bett zu bringen. Dann setzten sie sich alle zusammen mit Onkel André ins Wohnzimmer und hörten seinen erfundenen Geschichten zu. Wie immer bogen sie sich vor Lachen.

Clarice war die Erste, die sich zurückzog. »Ich muss morgen früh aufstehen«, erklärte sie.

Lionels Mutter war die Nächste. »Wir erwarten eine Story aus unserem Londoner Büro. Ich darf auf keinen Fall zu spät zur Arbeit kommen. Lionel, wenn André endlich der Dampf ausgeht, was, wie ich hoffe, bald sein wird, könnt ihr beide auf der Couch im Keller schlafen.«

»Vielen Dank, Schwester«, sagte André. »Ich werde deinen Mann nicht mehr länger wach halten.«

Er sprach von Lionels Dad, der André und seine Geschichten liebte. Er saß in seinem Schaukelstuhl und versuchte krampfhaft, die Augen offen zu halten. Mr. Washington war ein Gemütsmensch, ein großer, alter

Bär in einem Arbeitsanzug, der ihm drei Nummern zu groß war. Müde rieb er sich die Augen. »Ich hätte die Kontaktlinsen schon vor Stunden herausnehmen sollen«, meinte er.

»Ich werde dich jetzt zu Bett gehen lassen, Schwager«, erklärte André. »Lionel und ich werden nach unten gehen.«

»Gute Idee«, meinte Mr. Washington. »Ich werde noch ein paar Minuten sitzen bleiben, bevor ich auch ins Bett gehe. Gute Nacht, Jungs.«

Unten im Keller konnte Lionel kaum noch die Augen offen halten, obwohl sein Onkel André ihm gerade eine Geschichte erzählte. Mit halbem Ohr lauschte Lionel auf die Schritte seines Vaters im Stockwerk über ihnen.

Aber jetzt war seine Müdigkeit wirklich zu groß. Er schlief ein und hoffte, dass sein Onkel nicht beleidigt war, wenn er merkte, dass Lionel gar nicht mehr zuhörte.

Ryan Daley hätte an diesem Abend beinahe bei seinem besten Freund übernachten dürfen. Seine Mutter hatte sich den folgenden Vormittag freinehmen müssen, damit sie Ryans Vater am Flugplatz abholen konnte. Ryan sollte mit Raymie Steele zur Schule gehen, bevor seine Mutter das Haus verlassen musste. Beide Jungen hielten es für eine großartige Idee, wenn er einfach bei Raymie übernachtete.

Aber Mrs. Steele entschuldigte sich, es würde ihr nicht passen, einen Übernachtungsgast zu haben. Ryans Mutter erklärte ihm, Mrs. Steele hätte gesagt, ihr Mann sei mit dem Flugzeug unterwegs und sie würde es lieber ein anderes Mal machen. »Sie hat dieses Wochenende vorgeschlagen und gefragt, ob ich damit einverstanden sei, wenn du mit ihnen den Gottesdienst besuchst. Ich habe Mrs. Steele gesagt, ich hätte nichts dagegen.«

»Oh Mom!«

»So schlimm wird es schon nicht sein, Schatz. Als ich klein war, bin ich auch ein paar Mal zur Kirche gegangen und mir hat es auch nicht geschadet. Benimm dich nur, dann werden sie auch nett zu dir sein.«

Ryan hasste bereits den Gedanken daran und wünschte, er hätte in dieser Nacht bei Raymie schlafen können. Aber er würde Raymie ja am Morgen sehen und sie würden am kommenden Wochenende viel Spaß miteinander haben – auch wenn er dann mit in die Kirche gehen musste.

Da sein Dad geschäftlich unterwegs war, würde seine Mutter länger als gewöhnlich aufbleiben und sich einen Film im Fernsehen ansehen. Demonstrativ ging er zu Bett und löschte das Licht, dann wartete er, bis er sicher war, dass seine Mutter es sich unten gemütlich gemacht hatte. Leise schloss er seine Tür, stellte seine Musik an und nahm sich ein Buch.

Ryan wurde schon müde, als er plötzlich meinte, ein Geräusch gehört zu haben. Er nahm einen Kopfhörer ab und lauschte. Wenn seine Mutter ins Schlafzimmer ging, würde sie das Licht unter seiner Tür sehen. Schnell rollte er sich herum und knipste das Licht aus, aber es waren nicht die Schritte seiner Mutter auf der Treppe gewesen, die er gehört hatte. Es war eine Sirene. Vielleicht sogar mehr als eine.

Er schlich auf Zehenspitzen zum Fenster und spähte hinaus. Am Horizont entdeckte er den rosa-farbenen Schein eines Feuers in der Ferne. Links schien auch etwas zu brennen. Und dann hörte er, wie die Sirenen näher kamen. Irgendwie war das eine ganz verrückte Nacht. Er wünschte, er könnte sich die Nachrichten anhören, um herauszufinden, was passiert war, und fragte sich, ob er seiner Mutter wohl glaubhaft machen könnte, dass die Sirenen ihn geweckt hätten.

Vorsichtig öffnete Ryan die Tür und stieg die Treppe hinunter. Er spähte ins Wohnzimmer, wo der Film, den seine Mutter sich angesehen hatte, gerade zu Ende ging. Sie war fest eingeschlafen. Er wartete den Abspann und die Werbung ab und hoffte, dass danach Nachrichten kommen würden. Doch nach dem letzten Werbespot wurde die Nationalhymne gespielt, die das Ende der Sendezeit ankündigte.

Er überlegte, ob er umschalten sollte, aber das würde seine Mutter bestimmt aufwecken. Als der Bildschirm zu flimmern begann, wurde seine Mutter wach und Ryan eilte schnell nach oben, bevor sie ihn bemerkte. Im Dunkeln kroch er unter die Decke und tat so, als würde er schlafen, als sie wie gewöhnlich nach ihm sah.

Er wollte seine Kopfhörer wieder aufsetzen und hören, ob im Radio etwas durchgegeben wurde, aber jetzt war er richtig müde. Die Sirenen schienen weiter entfernt zu sein, darum schloss er einfach die Augen.

Teil III

Der Morgen danach

Kapitel 6

Judd kehrt nach Hause zurück

Judd war ziemlich aufgedreht und aufgeregt und trotzdem machte er sich große Sorgen um das, was seine Eltern tun würden, wenn sie sein Verschwinden entdeckten. Er bezweifelte, dass er in dieser Nacht überhaupt ein Auge zumachen könnte. Trotzdem stellte er seine Rückenlehne zurück und schon bald starrte er an die dunkle Decke. Seine Augen gewöhnten sich langsam an die Dunkelheit. Er faltete die Arme vor der Brust und zwang sich, langsamer und tief zu atmen. Er musste sich entspannen, musste sich ausruhen, wenn es ihm gelingen sollte, in London ein gutes Versteck zu finden.

Hattie, die Flugbegleiterin, kam etwa alle halbe Stunde vorbei und Judd merkte, dass er sich besser entspannen konnte, wenn er aufhörte, sich auf ihre Runden zu freuen. Und schließlich fielen ihm tatsächlich die Augen zu. Er drehte sich zur Seite und rollte sich zusammen. Jetzt musste er die Augen geschlossen halten, denn sonst würde er den großen Mann auf dem Fensterplatz neben ihm anstarren.

Auf dem ganzen Flug hatte dieser Mann noch kein einziges Wort gesprochen, aber Judd bemerkte, dass er vor dem Essen den Kopf geneigt und gebetet hatte. Das würde Judd nie tun, nicht einmal, wenn er allein war, aber in seiner Familie war das natürlich auch üblich. Das war ein weiterer Grund, warum er unbedingt raus musste – damit ihre frommen Rituale ihn nicht permanent in Verlegenheit brachten. Seiner Mutter gefiel es gar nicht, wenn Judd von ihrem Glauben als einer Religion sprach. Immer wieder hatte sie ihm gesagt: »Das Christentum ist keine Religion, sondern eine Beziehung zu Gott durch Christus.«

Ja, ist ja schon gut, hatte Judd dann immer gedacht.

Judd hatte keine Ahnung, wie lange er geschlafen hatte. Er war nicht einmal sicher, ob er überhaupt geschlafen hatte. Und wenn er geschlafen hatte, war er dann jetzt richtig wach? Er lag noch genauso da, wie er sich vor vielen Stunden hingelegt hatte. Er hatte das Gefühl, geschlafen zu haben, und er hatte sich nicht gerührt. Aber seine Augen waren offen.

Irgendetwas war anders. Eine Decke! Die Flugbegleiterin musste sie über ihn gelegt haben. Er blickte auf seine Uhr. Noch nicht ganz elf Uhr abends, vier Uhr morgens auf der anderen Seite des Atlantiks. Das Flugzeug hatte jetzt etwa die Hälfte der Strecke nach England zurückgelegt.

Der Mann neben ihm hatte auch eine Decke, aber sie lag ordentlich zusammengefaltet auf seinem Schoß. Die Belüftung über ihm war auf sein Gesicht gerichtet. Vermutlich schwitzte er im Schlaf. Er lag auf seinem Sitz, die Hände an den Seiten, den Kopf zurückgelegt und sein Mund stand offen. Judd war froh, dass der Mann nicht schnarchte.

Judd war nur Zentimeter von dem großen Mann entfernt. Aber so war das eben in Flugzeugen. Fremde mussten ganz nah beieinander sitzen. Er sah zu den Passagieren auf der anderen Seite des Ganges hinüber. Der Trinker schien auf seinem Tabletttisch zusammengesunken zu sein. Der Reporter neben ihm, der sich dem alten Mann vorgestellt hatte, hatte seine Rückenlehne hochgestellt. Sein Kopf war im Schlaf auf seine Brust gesunken.

Vor den beiden saß das ältere Ehepaar, die Petersons. Die Frau konnte Judd nicht sehen. Sie war klein und wurde von ihrem Sitz verdeckt. Der Kopf ihres Mannes war im Schlaf zur Seite gesunken. Judd war kaum richtig wach, als Hattie vorbeikam. Sie wich dem älteren Mann aus, dessen Kopf in den Gang hineinragte. Judd nahm all seinen Mut zusammen und flüsterte: »Vielen Dank für die Decke.«

Sie lächelte ihn strahlend an. »Oh, gern geschehen«, erwiderte sie. »Mein Kollege Tony hat sie Ihnen gebracht. Brauchen Sie etwas?«

Seine Hemmungen waren zu groß und er brachte kein Wort mehr über die Lippen. Er schüttelte nur den Kopf, drehte sich zu dem großen Mann rechts von ihm um und schlief wieder ein.

Hektisches Treiben hinter ihm riss Judd aus dem Schlaf. Wie lange hatte er dieses Mal geschlafen? Es schienen nur wenige Minuten gewesen zu sein, aber vielleicht waren es auch einige Stunden. Er wollte nicht wach werden, wollte seine Augen nicht öffnen. Er bemühte sich darum, wieder in tiefen Schlaf zu versinken. Jemand hatte etwas gesagt. Ein anderer lief herum. Irgendwer eilte an ihm vorbei. Bestimmt war es noch nicht Morgen. Wenn tatsächlich Sonnenlicht durch das Fenster gedrungen wäre, hätte ihn das bestimmt aufgeweckt.

Eine Zeit lang hörte Judd nichts mehr und war dankbar dafür. Er hob den Arm vor die Augen, um auf seine Uhr zu sehen. Doch er konnte die Zeit nicht erkennen. Die Zeiger schienen noch auf denselben Zahlen zu stehen wie beim letzten Mal, als er auf die Uhr gesehen hatte. Er atmete tief durch und öffnete die Augen.

Der Mann neben ihm war anscheinend im Bad. Warum hatte Judd nicht gemerkt, wie er aufgestanden war? Judd hatte seine langen Beine von sich gestreckt. Der Mann konnte unmöglich über ihn hinweggestiegen sein, ohne dass er etwas gemerkt hatte. Er blinzelte, starrte in die Dunkelheit und fragte sich, ob er vielleicht träumte.

Die Flugbegleiterin eilte vorbei. Nein, sie eilte nicht nur, sie rannte regelrecht zum Cockpit. Das war kein

Traum. Judd richtete sich auf und bemerkte, dass ein paar andere ebenfalls aufmerksam geworden waren. Er verrenkte sich den Hals und sah zurück zu der Treppe, die zur zweiten Klasse führte. Dafür, dass es mitten in der Nacht war, herrschte zu viel Aufregung. Jemand schrie, ein anderer rief etwas, aber er konnte es nicht verstehen.

Gerade als Hattie das Cockpit erreichte, wurde die Tür geöffnet, und einer der Piloten steckte den Kopf heraus. Hattie rannte ihn beinahe um. Judd konnte nicht verstehen, was sie sagte, aber ganz eindeutig war sie sehr erregt, vielleicht sogar verängstigt. Wusste sie etwas, das der Pilot nicht wusste? Stimmte etwas mit dem Flugzeug nicht? Wäre das nicht wirklich eine Ironie des Schicksals, wenn Judd ausgerechnet an seinem ersten Abend in Freiheit bei einem Flugzeugabsturz ums Leben käme?

Hattie zog den Piloten hinaus auf den Gang und in die kleine Bordküche. Judd hätte zu gern erfahren, was hier vorging. Er hörte von vorn ein Geräusch, so als wäre jemand gefallen. Als er sich zur Seite in den Gang vorbeugte, sah er, dass Hattie jammernd auf den Knien lag. Der Kapitän schien sie trösten zu wollen, doch sie klammerte sich an ihn, als hätte sie Todesangst.

Plötzlich fühlte sich Judd sehr jung und ängstlich.

Hinter ihm schrien noch mehr Leute auf. Was war hier los? Was sagten sie? Der junge Mann und der Alkoholiker auf der anderen Seite des Ganges schliefen beide noch fest. Den alten Mann konnte Judd nicht mehr sehen. Und die beiden Leute vor Judd waren anscheinend ebenfalls in ihren Sitzen zusammengesunken.

Der Pilot ließ Hattie in der Bordküche zurück und trat auf den Gang. Aufmerksam ließ er seinen Blick über die Sitze der ersten Klasse gleiten. Judd schlug seine Decke zurück und versuchte, den Blick des Kapitän auf sich zu ziehen, irgendetwas in seinem Blick zu lesen. Aber es war zu dunkel. Und der Pilot war abgelenkt.

Von dem Platz vor sich hörte er die Stimme der alten Frau. »Was ist denn los?«, fragte sie. »Harold?«

Stimmte etwas mit dem alten Mann nicht? Judd konnte nicht anders, er musste aufstehen und nachsehen. Alle anderen in der ersten Klasse schienen zu schlafen. Er löste seinen Sicherheitsgurt und erhob sich, um das ältere Ehepaar sehen zu können. Die Frau saß auf ihrem Platz und hielt den Pullover und die Hose ihres Mannes in der Hand!

Judd schüttelte den Kopf, um richtig zu sich zu kommen. Was tat sie da mit den Kleidern ihres Mannes? Und wo war er? Offensichtlich fragte sie sich dasselbe.

Der Pilot eilte so schnell vorbei, dass Judd nicht einmal eine Frage stellen konnte. Er wollte doch nur wissen, was hier vorging, aber anscheinend wussten der Pilot und die Flugbegleiterin das auch nicht. Als der Pilot die Treppe erreichte, erhob sich Mrs. Peterson und rief nach ihm. »Sir, mein Mann –«

Judd sah, wie der Pilot einen Finger an die Lippen legte und flüsterte: »Ich weiß. Wir werden ihn finden. Ich komme sofort zurück.«

Und da kam auch schon Hattie. Judd nahm allen Mut zusammen. »Ma'am?«, fragte er, aber sie antwortete nicht.

Sie packte den Piloten von hinten an den Schultern. »Soll ich die Kabinenbeleuchtung einschalten?«, fragte sie.

»Nein«, flüsterte der Pilot. »Je weniger Leute es wissen, desto besser.«

Was hatte das zu bedeuten? Judd beobachtete, wie die beiden die Stufen hinuntereilten. Er wandte sich der alten Frau zu, die mit dem Reporter hinter ihr sprach. Er fuhr sich mit den Fingern durch seine langen, blonden Haare.

»Haben Sie Probleme, Ma'am?«, fragte Buck.

»Es geht um meinen Harold«, erklärte sie.

»Braucht er etwas?«, fragte Buck und streckte sich.

»Er ist fort!«

»Wie bitte?«

»Er ist verschwunden!«

»Na also«, erwiderte Buck, »ich bin sicher, dass er nur eben zur Toilette gegangen ist, während Sie geschlafen haben.«

»Würden Sie für mich nachsehen? Und nehmen Sie eine Decke mit.«

»Wie bitte?«

»Ich fürchte, er ist nackt. Er ist ein sehr religiöser Mensch und das wird ihm schrecklich peinlich sein.«

Judd stand noch immer. Es war, als sei er auf dem Boden vor seinem Platz festgeklebt. Er beobachtete, wie Buck Williams über seinen betrunkenen Sitznachbarn hinwegstieg und eine Decke von der alten Frau entgegennahm. Buck bückte sich und betrachtete die Kleider, die Mr. Peterson auf seinem Platz zurückgelassen hatte. »Leidet Ihr Mann an Epilepsie?«

»Nein.«

»Schlafwandelt er?«

»Nein.«

»Ich komme sofort zurück.«

Judd wollte die Plätze vor ihm nicht betrachten und ganz bestimmt wollte er den Blick nicht zu dem Platz neben ihm wenden, wo der große Mann gesessen hatte. Aber er zwang sich dazu. Über die Rückenlehnen der Plätze vor ihm sah er Decken, Kissen und Kleider. Brillen, Schmuck, sogar die Perücke eines Mannes lag da.

Mit klopfendem Herzen ließ Judd nun seinen Blick zum Nebenplatz gleiten. Die ordentlich gefaltete Decke lag jetzt auf einer leeren Hose, die zu leeren Socken und Schuhen führte. An der Rückenlehne hing das noch zugeknöpfte Hemd, die gebundene Krawatte und kleine Metallstückchen lagen auf der Hose. Judds Knie wurden weich. Andere Passagiere erhoben sich und stellten fest, dass ihre Sitznachbarn ebenfalls verschwunden waren, ihre Sachen aber noch auf ihren Plätzen lagen.

Judd schaltete das Licht ein und betrachtete die Kleidung seines Nachbarn genauer. Das Aftershave des Mannes hing noch in der Luft. Und diese kleinen Metallstückchen waren Zahnfüllungen!

Buck Williams kam an Judds Platz vorbei. »Entschuldigen Sie«, sagte er zu einem anderen Passagier. »Ich suche jemanden.«

»Wer nicht?«, fragte eine Frau.

Der Pilot eilte, gefolgt von seiner Flugbegleiterin, zum Cockpit zurück. An Buck gewandt sagte sie: »Sir, ich muss Sie bitten, zu Ihrem Platz zurückzukehren und Ihren Sicherheitsgurt anzulegen.« Hattie wandte sich um und sah Judd an, als erwarte sie dasselbe von ihm. Schnell setzte er sich hin, wobei er es vermied, die Sachen zu betrachten, die sein Nachbar zurückgelassen hatte.

Buck versuchte zu erklären. »Ich suche nach –«

»Jeder sucht nach jemandem«, erwiderte Hattie. »Wir hoffen, dass wir in ein paar Minuten nähere Informationen haben. Und jetzt, bitte.«

Als Hattie an ihm vorbeiging, erhob sich Judd schnell und rannte zur Treppe. Noch bevor er unten angekommen war, wurde endlich die Kabinenbeleuchtung eingeschaltet. Im ganzen Flugzeug hielten Menschen Kleider hoch und schrien, dass jemand fehlte. Steifbeinig kehrte Judd zu seinem Platz zurück. Buck erklärte Mrs. Peterson gerade: »Offensichtlich sind eine ganze Reihe von Menschen verschwunden.« Sie wirkte verängstigt und verwirrt.

Judd hatte auch Angst, aber er war nicht verwirrt. Als der Pilot sich über die Bordsprechanlage meldete und die Leute aufforderte, ruhig zu bleiben, wurde Judd mit einem Mal klar, was passiert war. Er wusste zwar nicht, wie viele andere Leute im Flugzeug eine Vorstellung von dem hatten, was geschehen war, aber er wusste auf jeden Fall Bescheid. Christus war wie versprochen wiedergekommen und hatte seine Gemeinde entrückt. Judd barg sein Gesicht in den Händen und erschauderte. Das alles war ein schrecklicher Alptraum und mit einem Mal war er hellwach. Er und die meisten der Passagiere in diesem Flugzeug waren zurückgelassen worden.

Judd hob den Kopf, als Hattie wieder herankam. Ihr Gesicht war rot und aufgedunsen und sie atmete schnell, fast so, als hätte sie Mühe, die Fassung zu bewahren. Direkt neben Judds Platz blieb sie stehen. Sie legte die Hand an Judds Rückenlehne, als suche sie Halt. In der Hand hielt sie eine Weste mit Hemd und noch gebundener Krawatte. Auf dem an der Weste befestigten Namensschild stand »Tony«.

Die Stimme des Piloten meldete sich über die Bordsprechanlage. Er kündigte an, dass Karten ausgegeben würden, um herauszufinden, wer und wie viele Passagiere fehlten. Hattie weckte den schlafenden Trinker, der gegenüber von Judd saß, und fragte ihn, ob jemand aus seiner Reisegruppe fehle. Er wurde gar nicht richtig wach.

»Ob jemand fehlt? Nein. Und meine Reisegruppe besteht aus mir allein.« Er schloss die Augen wieder und Judd wusste, dass er keine Ahnung hatte, was passiert war.

Als der Kapitän schließlich ankündigte, sie würden umdrehen und nach Chicago zurückfliegen, war Judd der Erste, der begeistert klatschte. Noch nie war ihm sein Zuhause so verlockend erschienen. Sein Plan – sein verrückter, dummer und selbstsüchtiger Plan – zählte nicht mehr. Er würde seinem Vater das Geld, das er mit der Karte bereits ausgegeben hatte, zurückzahlen, und wenn es noch nicht zu spät war, würde er seine Beziehung zu Gott in Ordnung bringen. Es erschien ihm seltsam, auch nur daran zu denken, und plötzlich wurde ihm klar, dass er, falls er mit seiner Erklärung für diese Vorgänge Recht hatte, in ein leeres Haus zurückkehren würde.

Judd ließ den Kopf wieder in die Hände sinken und spürte, wie ihm die Tränen in die Augen stiegen. Mit halbem Ohr hörte er, wie Buck zu dem schlafenden Betrunkenen sagte: »Es tut mir Leid, Freund, aber Sie werden schon aufwachen müssen.«

Der Mann antwortete: »Wenn wir nicht abstürzen, lassen Sie mich in Ruhe.«

Die Passagiere lehnten sich trotz ihrer Furcht auf ihren Plätzen zurück und machten es sich für den langen Heimflug nach Chicago bequem. Judd verweigerte jegliches Essen und Trinken, das ihm angeboten wurde. Er konnte an nichts anderes denken als an das, was er zu Hause vorfinden würde.

Während das schwere Flugzeug eine Kurve über dem Atlantik beschrieb, ließ es die aufgehende Sonne hinter sich. Der Pilot kündigte an, dass sie nach Chicago zurückkehren würden, weil die meisten anderen Flughäfen überfüllt oder geschlossen seien. Er erklärte auch, es sei mit einem schrecklichen Chaos auf der Erde zu rechnen, da auf der ganzen Welt zur selben Zeit unzählige Menschen verschwunden seien.

Judd bemerkte, dass Hattie mit Buck sprach. Sie erklärte ihm gerade, wie seltsam es sei, dass alle Kinder im Flugzeug verschwunden seien. Zwar viele Erwachsene und einige Teenager, aber ausnahmslos alle Kleinkinder. Davon wachte der Betrunkene auf.

»Wovon um alles in der Welt sprechen Sie?«, fragte er.

»Wir werden in Chicago landen«, erklärte Hattie. »Ich muss los.«

»In Chicago?«, wiederholte der Mann.

»Das wollen Sie gar nicht wissen«, antwortete Buck.

Judd sah zum Fenster hinaus, während das Flugzeug durch die Wolken stieß und den Blick auf Chicago freigab. Überall Rauch. Feuer. Wagen, die von der Straße abgekommen und ineinander verkeilt waren. Abgestürzte Flugzeuge. Krankenwagen, Polizeiwagen und Feuerwehrautos mit Blaulicht, die sich ihren Weg durch das Chaos bahnten.

Als der Flughafen in Sicht kam, war klar, dass es eine ganze Weile dauern würde, bis sie das Gelände würden verlassen können. Flugzeuge so weit das Auge reichte, einige verunglückt, einige brennend, der Rest dicht hintereinander stehend. Menschen schleppten sich durch das Gras zu den Terminals. Kräne und Abschleppwagen versuchten, einen Weg zum Terminal frei zu räumen, damit der Verkehr wieder fließen konnte, aber das würde Stunden in Anspruch nehmen, wenn nicht sogar Tage.

Der Pilot kündigte an, er würde zwei Meilen vom Terminal entfernt landen und die Passagiere würden über die Notrutsche aussteigen müssen. Judd war alles egal. Hauptsache, er konnte das Flugzeug verlassen. Er würde zum Terminal laufen und dann erst mal zu Hause anrufen. Er würde sich erkundigen, wie er am besten nach Hause käme, und er war bereit, jede Summe zu zahlen. Schließlich hatte er ja die Kreditkarte und jede Menge Bargeld in der Tasche.

Eine halbe Stunde später, als Judd keuchend im Terminal ankam, entdeckte er die langen Schlangen vor den Telefonzellen. Hunderte von Menschen warteten darauf, telefonieren zu können. Überall im Terminal waren die Fernsehgeräte eingeschaltet und sendeten Nachrichten. Auf der ganzen Welt waren Menschen verschwunden und hatten ihre Sachen zurückgelassen. Eine Hebamme verschwand, als eine Frau gerade ihr Kind zur Welt brachte, und das Baby verschwand, bevor es geboren wurde. Ein Bräutigam verschwand, als er seiner Braut gerade den Ring an den Finger stecken wollte. Sargträger bei einer Beerdigung verschwanden, während sie den Sarg zum Grab trugen. Der Sarg fiel hin und sprang auf und die Leute mussten erkennen, dass der Tote ebenfalls verschwunden war.

Judd rannte nach draußen, quetschte sich durch die Wagenreihen zu den Taxen vor. Er sprang in den ersten Wagen und drückte dem Fahrer eine ganze Rolle von

Geldscheinen in die Hand. Judd nannte ihm seine Adresse und der Mann fuhr los.

Es dauerte zwei Stunden, bis sie sich ihren Weg durch das Chaos gebahnt hatten. Der Taxifahrer meinte: »Einige Menschen sind verschwunden, während sie ihr Essen auf dem Herd stehen hatten, und es war niemand mehr da, der den Herd abstellen konnte. Darum siehst du so viele abgebrannte oder brennende Häuser.«

Als sie endlich Judds Straße in Mount Prospect erreicht hatten, blieb der Fahrer stehen und sagte: »Da sind wir, Sohn. Ich hoffe, du findest vor, was du erwartest.«

»Ich hoffe nicht«, erwiderte Judd.

Kapitel 7

Vickis trauriges Erwachen

Der Morgen kam viel zu schnell für Vicki Byrne. Die Sonne schien durch die Jalousien des Fensters auf der Rückseite des Wohnwagens in das kleine Schlafzimmer, das sie mit ihrer Schwester teilte.

Vicki lag auf dem Bauch in ihrem Bett und hatte das Gefühl, sich nicht bewegt zu haben, seit sie abends in ihr Bett gesunken war. Der Kick von dem Marihuana war vorüber, doch sie hatte noch immer den schalen Tabakgeschmack der Zigaretten auf der Zunge. Auch war sie von dem vielen Bier wie betäubt. Sie fragte sich, wann ihre Mutter wohl kommen würde, um sie aufzuwecken. Vicki hatte ihren Wecker absichtlich nicht gestellt. Normalerweise weckte ihre Mutter sie, kurz bevor sie zur Arbeit ging. Dann hatte Vicki noch gerade Zeit genug, sich anzuziehen, zu frühstücken und zum Schulbus zu rennen.

Das passierte in der Regel, kurz nachdem Vicki das Frühstück roch oder zumindest den Duft des Kaffees. Doch an diesem Morgen roch sie kein Frühstück. Und sie hörte auch nichts. War es noch zu früh? Nach einem solchen Abend hätte ihre Mutter sie normalerweise wachrütteln müssen.

Sie hatte das Gefühl, noch ein paar Stunden schlafen zu können. Wie viel Uhr war es überhaupt? Vicki schlug die Decke zurück und rollte sich auf den Rücken. Jeanni war bereits aufgestanden. Wieso hatte sie sie nicht gehört? Vicki setzte sich auf, rieb sich die Augen und gähnte. Seltsam. Jeannis Schulkleider lagen noch ordentlich zusammengefaltet auf dem Stuhl. *Bestimmt ist sie im Bad,* dachte Vicki. Sie legte sich wieder hin und wartete auf ihre Mutter.

Eine halbe Stunde später fuhr Vicki wieder aus dem Schlaf hoch und sah zum ersten Mal auf die Uhr. Was war das? Hatten ihre Eltern sie nun endgültig aufgegeben? Sie mussten beide schon lange fort sein. Und war Jeanni in ihren Spielkleidern zur Schule gegangen?

Vicki erhob sich mühsam. Sie wusste zwar nicht, wie man sich als alte Frau fühlte, aber es konnte nicht viel anders sein als so, wie sie sich im Augenblick fühlte. Sie war steif und ihr tat jeder Muskel im ganzen Körper weh. Langsam marschierte sie ins Bad. Sie war allein im Wohnwagen. Auf dem Weg zurück ins Schlafzimmer blieb sie plötzlich stehen. Irgendetwas stimmte nicht. Sie ging zwei Schritte zurück und sah zum Fenster hinaus.

Vicki blinzelte und schüttelte den Kopf. Was war nur los? Der Pickup ihres Dad und die kleine Rostlaube ihrer Mutter standen beide noch da! Dann und wann fuhr einer den anderen zur Arbeit, wenn ein Wagen nicht ansprang. Und manchmal fuhr einer von ihnen auch bei einem Arbeitskollegen mit. Aber beide? Am selben Tag? Vicki starrte aus dem Fenster und versuchte, sich einen Reim darauf zu machen.

Endlich war sie überzeugt, die Lösung gefunden zu haben. Sie hatte nichts gehört, weil sie zu tief geschlafen hatte. Ihre Schwester machte vielleicht einen Ausflug und hatte deshalb die alten Sachen angezogen. Und aus irgendeinem Grund sprangen beide Wagen am selben Tag nicht an. Keine große Sache. Ihre Mutter hatte nicht versucht, sie aufzuwecken, weil sie wütend auf sie war. Vermutlich war ihre Mutter im Wohnzimmer eingeschlafen, während sie auf sie gewartet hatte, und wusste, dass Vicki zu spät gekommen war. Und aus diesem Grund hatte ihre Mutter sie nicht aufgeweckt.

Was soll's?, dachte Vicki. *Ich kann Mom die Schuld zuschieben, weil sie mich nicht geweckt hat. Und da ich sowieso schon zu spät bin, kann ich mich auch noch mal hinlegen.*

Und dann roch sie es. Ein beißender Geruch. Irgendetwas brannte. Und zwar im Wohnwagen! Sie eilte in die Küche. Der Teekessel rauchte auf dem Herd. Das Emaille war schon ganz schwarz angelaufen und der Kessel verformt. Offensichtlich war er trocken gekocht. Vickis Mutter trank häufig noch spät am Abend eine Tasse Tee, aber es sah ihr gar nicht ähnlich, den Kessel auf dem Herd zu lassen, bis das Wasser verkocht war.

Vicki schnappte sich einen Topflappen, bevor sie nach dem Henkel griff, der schon beinahe geschmolzen war. Trotz des dicken Lappens war der Kessel kochend heiß. Sie stellte ihn ins Spülbecken. Er zischte von dem Wasser, das darin stand. Was hatte Wasser im Spülbecken zu suchen? Ihre Mutter weichte das Geschirr niemals ein. Sie ließ nur Wasser einlaufen, wenn sie das Geschirr auch spülte, und sie spülte immer fertig und rieb das Spülbecken danach trocken.

Vicki stellte die Gasflamme ab und sah sich um. Ihre Mutter hatte noch nicht einmal eine Teetasse herausgeholt. Es war noch nie passiert, dass ihre Mutter Wasser vergessen hatte, das sie zum Kochen auf den Herd gestellt hatte und ganz bestimmt nicht über Nacht. Was war hier los?

Etwas draußen vor dem Fenster zog ihre Aufmerksamkeit auf sich. Es war eine ihrer Freundinnen, ein älteres Mädchen, das zwischen den Wohnwagen herging. Vicki riss die Tür auf. »Shelly! Shelly, was ist los?«

Aber Shelly drehte sich nicht einmal um. Wie in Trance lief sie weiter. Obwohl sie noch immer ihren Schlafanzug anhatte, ging Vicki nach draußen und rief nach ihrer Freundin. Doch diese ignorierte sie vollkommen. Vicki rannte wieder hinein, zog schnell ein Top und Shorts an und schlüpfte in ihre Schuhe. Schließlich lief sie die Straße entlang, bis sie ihre Freundin eingeholt hatte.

»Hey, Mädchen!«, rief sie. »Was ist denn los mit dir?«

Shelly drehte sich zu ihr um. Sie war blass und zitterte. »Shel, was ist passiert? Geht es dir nicht gut?«

»Hast du denn noch nichts gehört?«, fragte Shelly und sah Vicki an, als sei sie eine Fremde.

»Was gehört? Was ist denn eigentlich los?«

»Menschen sind verschwunden«, erklärte sie. »Einfach verschwunden. Fort. Und ihre Kleider haben sie zurückgelassen. Sieh dir nur die Nachrichten an. Es ist auf der ganzen Welt passiert. Drei Wohnwagen sind vollkommen abgebrannt. Viele Menschen haben ihre Familie verloren. Mrs. Johnson verschwand gestern Abend, als sie ihren Mann von der Bushaltestelle abholte. Er konnte nicht mehr rechtzeitig ins Lenkrad greifen und der Wagen krachte gegen einen Baum. Er ist schwer verletzt.«

»Shelly, bist du high? Betrunken? Schlafwandelst du? Was ist los?«

Shelly drehte sich um und ging davon. Vicki rief ihr hinterher, aber Shelly reagierte nicht mehr. Vicki sah sich um und betrachtete die Wohnwagen in ihrem Bereich. Die Leute liefen hektisch durcheinander, sprachen aufgeregt miteinander. Hatten alle diese Menschen an diesem Tag frei? Ein Feuerwehrwagen kam angefahren. Hatte Shelly vielleicht Recht?

Vicki eilte zu ihrem Wohnwagen zurück und blieb auf der obersten Treppe stehen, um sich umzusehen. Sie entdeckte die beiden Wohnwagen, von denen nur noch Asche übrig geblieben war. Von einem stieg noch Rauch auf. Menschen umklammerten einander und weinten. Sie wollte nicht wieder hineingehen, weil sie Angst hatte vor dem, was sie vorfinden würde. Aber sie musste.

Sie zog die Tür hinter sich zu, als sie das Wohnzimmer betrat. Wo war die Fernbedienung? Ihre Mutter sah so spät nicht mehr fern. Zu dieser Zeit las sie gewöhnlich. Zum ersten Mal betrachtete Vicki den Sessel, in dem ihre Mutter am Abend zuvor auf sie gewartet haben musste. Die Pantoffeln ihrer Mutter standen davor. Lockenwickler und Haarnadeln lagen verstreut, als hätte sie jemand fallen lassen. Das Flanellnachthemd und der dünne Morgenrock hingen über der Lehne. Ihre Bibel schien heruntergefallen zu sein, denn sie lag mit den Seiten nach unten auf dem Boden.

Aber was war das da, mitten auf ihren Sachen? Langsam ging Vicki näher an den Sessel heran. Es war die Brücke ihrer Mutter mit dem Porzellanzahn, wegen dem sie sich so sehr schämte. Sie nahm ihn nie in der Gegenwart von anderen heraus, weil sie fand, dass es sie alt machte, wenn sie schon Zahnersatz nötig hatte. Dabei hatte sie als Kind bei einem Fahrradunfall einen Zahn verloren und diese Brücke bekommen.

Vicki bekam kaum Luft. Mit zitternden Händen und Knien stellte sie das Fernsehgerät an.

»...diese grausigen Szenen aus der ganzen Welt«, sagte der Moderator gerade, »sind Zeugnis für das Massenverschwinden, das in jedem Land gegen Mitternacht Ostküsten-Zeit stattgefunden hat ...«

Ihr wurde schwindelig und ihr Magen krampfte sich zusammen. Das musste ein Traum sein. Sie tastete sich zu einem Sessel vor, unfähig, den Blick vom Bildschirm zu nehmen. Sie zwickte sich in den Arm und zuckte zusammen. Kein Traum.

»Und sehen Sie nur«, sagte der Moderator, »dies ist einer der seltsamsten Filme, die wir von diesem Phänomen, das niemand erklären kann, bekommen haben. Dieses Video wurde von dem Onkel eines Fußballspielers in einem Missionsinternat in Indonesien aufgenommen. Sehen Sie sich an, wie die Spieler über das Spielfeld laufen. Wir zeigen es jetzt in Zeitlupe. Sehen Sie nur, wie mit einer Ausnahme alle Spieler verschwinden. Ihre Trikots schweben zu Boden, während der Ball weghüpft und der allein zurückbleibende Spieler stehenbleibt und sich entsetzt umsieht. Sehen Sie nur, wie der

Kameramann die Kamera nun über den Platz schwenkt. Er ist einer der wenigen Erwachsenen, die zurückgeblieben sind. Die anderen sind ebenso verschwunden und haben ihre Kleidung zurückgelassen.«

Vicki hörte ein heiseres Stöhnen und erkannte, dass es von ihr kam. Während im Fernsehen weiterhin bizarre Bilder aus der ganzen Welt gesendet wurden, ging sie zum Schlafzimmer ihrer Eltern. Das Lederband ihres Vaters, das sie immer so in Verlegenheit gebracht hatte, lag auf seinem Kissen. Auf dem Band standen die Buchstaben »W.W.J.T.«. Ihr Vater hatte ihr stolz erklärt, diese Buchstaben sollten ihn daran erinnern, dass er sich in jeder Situation die Frage stellte: »Was würde Jesus tun?«

Ein leeres Glas lag auf dem Bett, das Wasser war bereits getrocknet. Dad trank fast jeden Abend im Bett ein Glas eiskaltes Wasser. Vicki zwang sich, zur Seite ihres Vater hinüberzugehen. Sie schlug die Decken zurück und sah sein T-Shirt und seine Boxer-Shorts auf den Laken liegen, die einzigen Kleidungsstücke, die er im Bett trug.

Wo waren ihre Eltern? Wo konnten sie nur stecken? Was war mit ihnen passiert? Was sollte sie denn jetzt tun? Hatte Jeanni bereits entdeckt, dass sie nicht mehr da waren? Und wenn das so war, warum hatte sie Vicki nicht aufgeweckt? *Oh nein!*, dachte sie. *Nicht auch Jeanni!*

Vicki kletterte über das Bett ihrer Eltern hinweg und lief zu dem Zimmer, das sie mit ihrer Schwester teilte. Ihre Kehle war wie zugeschnürt und sie fühlte sich wie betäubt. Sie riss die Bettdecke von Jeannis Bett zurück und entdeckte Jeannis kleinen grünen Känguru-Schlafanzug.

Was sollte sie nur tun? Wohin konnte sie gehen? Sie hatte sich ihren Eltern gegenüber so schrecklich benommen und jetzt waren sie fort. Verschwunden. Würden sie jemals zurückkommen? *Warum sie und ich nicht?*

Und plötzlich dämmerte es ihr. War das möglich? Konnte es sein? Hatten sie doch Recht gehabt? War sie tatsächlich so eigensinnig und dumm gewesen? Sie hatte doch die dramatischen Veränderungen in ihrem Leben gesehen und trotzdem die Sache mit Gott nicht ernst genommen. Waren sie tatsächlich in den Himmel gegangen und hatten sie zurückgelassen?

Vicki ging zum Telefon und wählte die Nummer ihres Bruders in Michigan.

»Leider sind alle Leitungen im Augenblick belegt«, ertönte die Ansage. »Bitte versuchen Sie es später noch mal.«

Vicki zog sich einen Sessel heran und drückte immer wieder den Wahlwiederholungsknopf. Sie weinte, riss sich aber so gut es ging zusammen, um nicht hysterisch zu werden. Mann, auch sie hätte in ihrem Wohnwagen verbrennen können, so wie ihre Nachbarn! Im Fernsehen wurden immer wieder Bilder von Massenkarambolagen, Flugzeugabstürzen und gesunkenen Schiffen gezeigt. Es wurden Berichte von Selbstmorden gesendet, darunter auch der Fußballspieler, der als einziger auf diesem Spielfeld in Indonesien zurückgeblieben war. Andere waren bei Unfällen ums Leben gekommen, die durch Wagen verursacht wurden, deren Fahrer plötzlich verschwunden waren.

Endlich hörte Vicki ein Freizeichen. Sie verlor beinahe die Fassung, als der Anrufbeantworter ihres Bruders nach viermaligem Klingeln ansprang. Sie wartete, bis er die Nachricht zu Ende gesprochen hatte, und flehte ihn dann unter Tränen an, doch den Hörer abzunehmen. »Eddie, bist du da? Hier spricht Vicki! Bitte nimm ab, wenn du da bist! Bitte sei da! Eddie, bitte!«

Jemand meldete sich. »Vicki?«

»Eddie?!«

»Nein, hier spricht Bub.« Vicki kannte den Namen, aber sie hatte Eddies Zimmerkollegen nie kennen gelernt.

»Ist Eddie da?«

»Äh, nein. Nein, er ist nicht da.«

»Hast du gesehen, was los ist, Bub?«

»Wer nicht, Mädchen?«

»Dann weißt du, was ich wissen will.«

»Bist du sicher, Vicki? Ich könnte dir genauso gut sagen, ich habe keine Ahnung, wo er ist, nur dass er nicht da ist.«

Vicki schluchzte. »Aber das stimmt nicht, nicht wahr? Du hast seine Sachen oder etwas anderes gefunden? Er ist zusammen mit diesen anderen Leuten verschwunden?«

»Gib mir lieber deine Mutter oder deinen Vater.«

»Bub! Sie sind nicht da! Sie sind fort und ihre Sachen haben sie zurückgelassen. Auch meine kleine Schwester! Und jetzt sag mir, was mit Eddie ist!«

»Also gut, hör zu, Liebes, ich habe es nicht selbst gesehen, verstehst du? Ich habe es nur gehört, aber Eddie hat gestern Abend in der zweiten Schicht gearbeitet, von drei Uhr nachmittags bis elf Uhr. Ich war nicht da und wir wollten uns um Mitternacht zu einem späten Abendessen treffen. Ich wartete etwa zwanzig Minuten auf ihn, denn er ist noch nie zu spät zu einer Verabredung gekommen. Dann habe ich in der Fabrik angerufen, aber dort wurde mir gesagt, er hätte die Fabrik gegen halb zwölf verlassen.«

»Warte mal«, sagte Vicki, »wie viel Uhr ist es jetzt bei euch?«

»Wir sind eine Stunde vor euch, Kindchen.«

»Oh. Und bitte hör auf, mich wie ein Kleinkind zu behandeln. Immerhin bin ich vierzehn.«

»Tut mir Leid, Vicki. Auf dem Bild, das Eddie mir gezeigt hat, warst du noch so klein.«

»Er hat dir ein Bild von mir gezeigt?«

»Er hat die ganze Zeit mit dir geprahlt. Auf jeden Fall kommt ein Bekannter von uns in dieses Restaurant und er fragt mich, ob ich auf Eddie warte. Ich sage, ja, und er sagt, Eddies Wagen sei ein paar Meilen von hier gefunden worden, kaputt. Ich frage ihn, ob Eddie in Ordnung sei, und er meint, sie hätten ihn nicht finden können. Alle seine Sachen seien im Wagen gewesen, aber er war weg.«

Vicki weinte.

»Der Typ bat den Kellner, den Fernseher einzuschalten, und dort wurde gezeigt, dass auf der ganzen Welt Menschen verschwunden sind. Die Kellnerin rannte zu einer Nische in der Ecke und schrie: ›Ich dachte, diese Leute hätten sich verdrückt, um ihre Rechnung nicht zu bezahlen! Ihre Anzüge sind noch immer da!‹ Sie ist fast in Ohnmacht gefallen. Auf jeden Fall haben wir eine Weile ferngesehen, dann bin ich nach Hause gefahren. Du weißt, wo alle diese Leute hin sind, nicht?«

»Ich glaube schon, Bub. Und du?«

»Eddie hat die ganze Zeit davon gesprochen. Er hat mir erzählt, dass deine Mom und dein Dad fromm geworden sind – ›gerettet‹, nannte er es. Er fing an, zur Kirche zu gehen, und wurde auch ›gerettet‹. Hat mich ein paar Mal dorthin mitgeschleppt, aber das war nicht mein Ding, weißt du. Denkst du, dass es wirklich wahr sein kann? Dass sie alle im Himmel sind?«

»Ich weiß nicht, was ich sonst glauben soll«, brachte Vicki mühsam heraus. »Welche Möglichkeit gäbe es sonst noch?«

»Kommst du denn klar?«

»Ich weiß nicht, was ich tun soll.«

»Soll ich zu dir kommen und mich um dich kümmern? So weit ich weiß, habe ich keine Familienmitglieder verloren, dafür aber eine Reihe von Freunden.«

»Mach dir keine Sorgen um mich. Im Schulbus sitze ich immer neben einem schwarzen Mädchen, das sich in diesen Dingen auskennt. Ich werde versuchen, sie zu finden. Ich hoffe, dass sie noch da ist.«

»Viel Glück«, sagte Bub. »Das ist echt verrückt, oder?«

Das schien Vicki ziemlich untertrieben für das Schlimmste, das in der Geschichte der Menschheit hatte passieren können. Sie legte den Hörer auf und drehte sich um. Von ihrem Platz aus konnte sie das Nachthemd ihrer Mutter auf dem Sessel liegen sehen, das T-Shirt ihres Vaters im Bett und sogar die Tür zu ihrem und Jeannis Schlafzimmer.

Vicki wusste nicht, was sie denken sollte. Sie liebte sie, das erkannte sie jetzt. Jeden von ihnen. Alle. Sie hoffte nur, dass sie tatsächlich im Himmel waren. Es war nicht, als wenn sie tot wären.

Aber für sie machte das kaum einen Unterschied. Über Nacht war sie zur Waise geworden. Und ganz plötzlich interessierte sie sich überhaupt nicht mehr für ihre sogenannten Freunde, die ihre Gefühle und Probleme hinter Alkohol und Drogen versteckten. Sie wollte das Mädchen finden, neben dem sie im Bus häufig gesessen hatte, das Mädchen, das versucht hatte, ihr zu erklären, was mit Vickis Eltern passiert war, als sie »gerettet wurden«.

Vicki sah im Telefonbuch unter »Washington« nach. Es gab Dutzende von ihnen und sie kannte den Namen von Clarices Vater nicht. Also wählte sie einfach alle Washingtons an, deren Vornamen mit einem A und einem B begannen und die Hälfte von denen, deren Vorname mit einem C begann. Doch dann fiel ihr ein, dass Clarices Mutter beim *Global Weekly* arbeitete.

Vicki suchte die Nummer heraus und wählte. Man sagte ihr, Mrs. Washington sei noch nicht da, und nein, man könne ihr ihre Privatnummer nicht geben. »Handelt es sich um einen Notfall, junge Dame?«

»Sozusagen«, erwiderte Vicki. »Ich bin eine Freundin ihrer Tochter und ich muss sie unbedingt sprechen.«

Die Frau in der Zentrale sagte Vicki, sie würde bei den Washingtons anrufen und ihre Nachricht weitergeben. »Ich bin sicher, sie wird dich zurückrufen«, versicherte ihr die Frau.

Kapitel 8

Lionel und Onkel André

Im Keller des Hauses der Washingtons, wo Lionel und sein Onkel tief und fest schliefen, gab es keine Uhr. Lionel brauchte sich nie Gedanken zu machen, eventuell zu verschlafen. Sein Vater machte immer einen Höllenlärm, wenn er um sechs Uhr morgens losfuhr. Und Lionels Mutter sorgte dafür, dass alle aufgestanden waren und sich für die Schule fertig machten, wenn sie um sieben das Haus verließ.

»Ich weiß gar nicht, was ihr Kinder machen wollt, wenn ihr später einmal auf euch selbst gestellt seid«, sagte sie häufig. »Ich erziehe euch zu kleinen Ungeheuern, die sich erst bewegen, wenn man es ihnen sagt.«

Als Lionel aufwachte, schien es ihm draußen zu hell zu sein, zu spät. Das Aufstehen war ihm schon immer schwer gefallen und er wurde erst richtig wach, wenn er sich aus dem Bett geschält, das Bad aufgesucht hatte und am Frühstückstisch saß. An diesem Morgen war ihm nicht nach Aufstehen zu Mute. Er öffnete die Augen einen Spalt, blinzelte in die Sonnenstrahlen, die irgendwie ihren Weg durch die kleinen Kellerfenster gefunden hatten, und beobachtete, wie die Staubkörner in den Lichtstrahlen tanzten.

Lionel lag auf dem Rücken und starrte zu den Leitungen an der Kellerdecke hoch. Im Dunkel der Nacht war dies ein unheimlicher Ort. Er schlief nie allein hier unten.

Lionel erinnerte sich noch vage daran, dass André kurz nach Mitternacht aus dem Bett geschlüpft war. Das machte er manchmal, um noch eine Zigarette zu rauchen. Weil André danach immer so tief schlief, hatte Lionels Vater den Verdacht, dass er vielleicht etwas Stärkeres als Tabak rauchte. Und wenn André mehr Zeit als nötig in dem kleinen Bad im Keller zubrachte, fragte sich auch Lionel, ob er vielleicht Drogen nahm.

Wenn André dann von dem, was auch immer er getan hatte, zurückkam, sank er auf das Couchbett, das er mit Lionel teilte, und schlief während der nächsten Stunden wie ein Stein. Es war nicht ungewöhnlich, dass Onkel André morgens, wenn Lucinda herunterkam, um Lionel zu wecken, noch immer genauso im Bett lag, wie er sich abends hingelegt hatte. Er und seine Mutter konnten miteinander streiten oder sich ein wenig kabbeln – Onkel André rührte sich nicht.

Einmal hatte Lionels Mutter den Fehler begangen zu versuchen, auch André aufzuwecken. Er war so außer sich, so wütend, dass sie sich schnell entschuldigte und es nie wieder versuchte. Er stand auf, wann er aufstand, und das war häufig sehr spät am Vormittag. An diesem Morgen konnte er André nicht einmal atmen hören. Er drehte sich um, um nachzusehen, ob sein Onkel noch am Leben war.

Da lag er, auf dem Bauch, das Gesicht von Lionel abgewandt. Das langsame, rhythmische Heben und Senken seines Rückens zeigte Lionel, dass André in Ordnung war. Aber er war wirklich ungewöhnlich still.

Oben begann das Telefon zu klingeln. Seine Mutter oder Clarice würden drangehen. Das taten sie immer. Lionels Vater hatte seine Frau immer wieder aufgefordert, den Anrufbeantworter die Gespräche aufzeichnen zu lassen, wenn sie sich für die Arbeit oder die Schule fertigmachten oder wenn sie gerade aßen oder zu Bett gehen wollten. Aber Lucinda Washington betonte dann immer, dass sie Anrufbeantworter hasste. Solange bei ihnen jemand zu Hause war, war »dieses Ding« nicht in Betrieb. Der Letzte, der das Haus verließ, konnte es einschalten, »damit es den Zweck erfüllen kann, zu dem es angeschafft wurde«, sagte sie immer. »Es ist nicht dazu da, dass wir faul werden. Es soll die Anrufe aufzeichnen, wenn wir nicht da sind. Punkt.«

An diesem Morgen klingelte das Telefon immer weiter und Lionel hörte oben keine Schritte. Vielleicht war es doch früher, als er gedacht hatte. Er setzte sich auf. Er fühlte dieselbe Schwere wie jeden Morgen. Niemand nahm das Telefon ab. Wie viel Uhr war es denn überhaupt?

Lionel stöhnte und schlug die Decke zurück. Onkel André rührte sich nicht. Es war kühl hier unten im Keller. Mit steifen Gliedern stieg Lionel die Treppe hoch. Als er am Fenster vorbeikam, sah er den Pickup seines Vaters in der Einfahrt vor der Garage stehen, in der der Wagen seiner Mutter stand. *Es ist doch noch früh,* dachte Lionel. *Wer ruft denn um diese Zeit bei uns an?*

Lionel trug nur seine Unterwäsche und seine Mutter mochte es nicht, wenn er in diesem Aufzug durch das Haus lief, wo er doch jetzt ein Teenager war. Vermutlich würde sie ihm das sicher verzeihen, wenn er für sie ans Telefon ging. Aber warum nahmen sie oder sein Vater den Hörer nicht ab? Sie hatten doch einen Apparat auf ihrem Nachttisch stehen.

Das Telefon klingelte immer weiter, aber Lionel hatte keine Eile. Ihn rief sowieso nie jemand an. Er ging nur dran, weil es ihn aufgeweckt und er nichts anderes zu tun hatte. Außerdem war er neugierig.

Die Küche befand sich unmittelbar neben der Kellertreppe. Es brannte kein Licht. Niemand war auf. Er griff nach dem Hörer. Eine Verna Zee aus dem Büro seiner Mutter meldete sich.

»Hallo«, sagte sie. »Lionel, oder?«

»Ja, Madam.«

»Ist sie da?«

»Wer?«

»Deine Mutter natürlich.«

»Äh, ich denke schon. Sie ist noch nicht auf.«

»Noch nicht auf? Normalerweise ist sie doch die Erste hier.«

Lionel blickte auf die Uhr an der Wand und war verblüfft. Es war ja schon Vormittag. »Äh, ich bin ziemlich sicher, dass ihr Wagen noch da ist. Soll ich sie wecken?«

»Nein. Ich arbeite für sie, nicht umgekehrt. Ich habe das Telefon auch nur so lange klingeln lassen, weil ich weiß, dass jemand zu Hause ist, wenn der Anrufbeantworter nicht eingeschaltet ist.«

»Verstehe.« Lionel wünschte sich wieder ins Bett zurück.

»Es ist nur so, dass ich sie an einem Tag wie heute, wo so viel passiert, früher erwartet hätte.«

»Aha.« Lionel hatte keine Ahnung, wovon Verna sprach, aber es interessierte ihn auch nicht. Wichtige Nachrichten für Erwachsene waren nur selten auch für ihn interessant. »Soll ich ihr sagen, dass Sie angerufen haben?«

»Bitte. Oh, und ich habe auch eine Nachricht für deine Schwester.«

»Für welche?«

»Clarice. Ihre Freundin Vicki hat angerufen und möchte gern, dass Clarice sie zurückruft. Kennst du sie?«

»Nein, aber ich habe gehört, wie Reece über sie gesprochen hat.«

»Na ja, sie klang so, als sei es wirklich dringend.« Verna gab ihm die Nummer und Lionel versprach, die Nachricht weiterzugeben.

Lionel wollte gar nicht wissen, warum alle so lange schliefen. Er wollte es einfach nur genießen. Er konnte jetzt in den Keller zurückgehen und sich noch mal ins Bett legen. Wenn das Telefon keinen aufgeweckt hatte, warum sollte er es tun? Er sah auf den Kalender. Nein, es war kein Feiertag. Nichts war geplant außer Schule und Arbeit. Er wollte sich gerade wieder nach unten begeben, als er innehielt und sich umdrehte.

Warte, dachte er. *Ich könnte ein Held sein. Ich könnte derjenige sein, der die anderen alle davor bewahrt, noch später zu kommen.*

Lionel ging von der Küche durch das Esszimmer zur Treppe, die zu den oberen Schlafzimmern führte. Er öffnete gerade die Tür, als er aus den Augenwinkeln etwas wahrnahm. Auf dem Schaukelstuhl seines Vaters lag sein übergroßer Morgenrock. Lionel hielt inne, drehte sich um und starrte ihn an. Er hatte noch nie erlebt, dass sein Vater seinen Morgenrock außerhalb des Schlafzimmers auszog. Zwar schlief er im Pyjama, aber in seinen Augen war es unhöflich, »in der Öffentlichkeit darin herumzulaufen«, wie er sich immer ausdrückte. Seine Familie war für ihn die Öffentlichkeit.

Vielleicht war es zu warm gewesen. André und Lionel hatten sich in den Keller zurückgezogen, während sein Vater im Wohnzimmer sitzen geblieben und schon halb eingeschlafen war. Vielleicht hatte er den Morgenrock ohne nachzudenken im Halbschlaf ausgezogen. Aber das sah ihm gar nicht ähnlich. Er war immer so stolz darauf, dass er nicht zu den Ehemännern gehörte, deren Frauen immer hinter ihnen herräumen mussten.

Lionel betrat das Wohnzimmer. Die Pantoffeln seines Vaters standen auf dem Boden vor dem Schaukelstuhl. Der Morgenrock lag ordentlich über dem Sessel, die Ärmel hingen über die Seitenlehnen, so als würden die Ellbogen seines Vaters noch dort liegen. Als Lionel die Schlafanzugbeine unter dem Morgenrock herausragen und über den Pantoffeln hängen sah, wurde ihm klar, dass sein Vater direkt aus seinem Schlafanzug und Morgenrock heraus verschwunden war.

Obwohl sich Lionel morgens generell sehr langsam bewegte, erschien es ihm, als würde alles in Zeitlupe ablaufen. Er spürte seinen Körper nicht, als er langsam näher kam, die Luft anhielt und nur noch das Pochen seines Herzens wahrnahm. Das grelle Sonnenlicht fiel auf den Morgenrock und wurde von etwas reflektiert.

Lionel kniete sich hin und starrte auf die Kontaktlinsen seines Vaters, auf seine Uhr, seinen Ehering, die Zahnfüllungen und sein dunkelbraunes Hörgerät, auf das er so stolz war, weil er dafür gespart hatte, bis er sich eines leisten konnte, das die Farbe seiner Haut hatte.

Lionels Hände zitterten, während er sich zwang, auszuatmen, bevor er explodierte. Er spürte, wie seine Lippen zitterten, und er konnte nur mühsam einen Schrei unterdrücken. Auf Knien kroch er weiter und öffnete den Morgenrock. Dads Schlafanzugjacke war noch bis oben zugeknöpft. Lionel zuckte zusammen und setzte sich auf den Boden. Plötzlich traf es ihn wie einen Schlag. Er legte den Kopf auf die Knie und schluchzte. Falls das hier das war, was er befürchtete, dann wusste er, was ihn oben erwartete. Leere Betten. Nachthemden.

Aber waren wirklich alle fort? Er wollte sich nicht selbst Angst machen. Er wollte nicht alles sehen, was zurückgeblieben war, genau wie er. Er wollte nur wissen, ob er allein war. Lionel erhob sich und rannte die Treppe hoch, indem er zwei Stufen auf einmal nahm. Das Bett der kleinen Talia war leer. Das von Ronnie auch.

Lionel war außer Atem. Er wollte nicht in Panik geraten, aber er konnte seine Gefühle kaum noch unter Kontrolle halten. In Clarices kleinem Zimmer lag die geöffnete Bibel auf dem Kopfkissen. Er stellte sich vor, wie sie da auf ihrem Bauch lag und darin las.

Das Schlafzimmer seiner Eltern gab ihm den Rest. Das Bett war noch unberührt, das Nachthemd seiner Mutter lag auf ihrer Seite des Bettes, wo sie betend gekniet hatte. Wie sehr wünschte Lionel, er wäre zusammen mit seiner Familie in den Himmel geholt worden und auch er hätte an seinem Bett gekniet oder in seiner Bibel gelesen, als Jesus wiederkam.

Einen kurzen Augenblick lang fragte sich Lionel, ob er träumte. Aber er wusste es besser. Das hier war real. Es war die Wahrheit. Alle Zweifel und Fragen waren aus dem Weg geräumt. Seine Familie war entrückt worden, genau wie sein Pastor und seine Eltern ihm immer wieder gesagt hatten. Und er war zurückgelassen worden.

Er hatte seinem Onkel André nur zu gerne glauben wollen, als der ihm sagte, man müsse lediglich ein gutes Leben zu führen, und das ganze Gerede vom Himmel und der Entrückung sei großer Humbug. Lionel wurde klar, dass er zwar mehr glaubte als André, aber da er nie eine richtige Entscheidung für Jesus getroffen hatte, war er hier geblieben.

Onkel André! Er lag noch immer im Keller und schlief tief und fest. Tränen strömten über seine Wangen, als Lionel nach unten eilte, wobei er sich zwang, auf dem Weg zu Küche und der Kellertreppe keinen Blick auf die leeren Kleidungsstücke seines Vaters zu werfen. Auf dem Küchentisch bemerkte er die Nachricht, die er gerade für Clarice von ihrer Freundin Vicki aufgeschrieben hatte. Er nahm sie und rannte die Kellertreppe hinunter.

Hastig streifte sich Lionel sein T-Shirt und seine Jeans über und während er seine Schuhe anzog, rief er nach André.

»Du stehst besser auf, Mann«, jammerte er, wobei er nur mühsam sein Schluchzen unterdrücken konnte. »Wir sind in großen Schwierigkeiten.«

Aber André rührte sich nicht. Lionel saß auf dem Rand der Bettcouch und starrte seinen tief schlafenden Onkel an. Wie gern würde er André oder irgendeinem anderen die Schuld an seinem Schlamassel zuschieben. Aber das konnte er nicht. Wie die anderen Mitglieder seiner Familie hatte auch er über alles Bescheid gewusst. Er hatte es ihnen nur einfach nicht abgekauft. Die Frage war nun, war es zu spät? Gab es noch Hoffnung für jemanden, der zurückgelassen worden war?

Plötzlich fühlte er sich älter und weiser als sein Onkel. Und André erschien ihm auch längst nicht mehr so cool und clever wie früher. Lionel wusste etwas, das André nicht wusste, dass sie nämlich beide Unrecht gehabt, einen tödlichen Fehler begangen hatten. Was für einen Zweck hatte es, André jetzt aufzuwecken? Er würde die Wahrheit noch früh genug erfahren. *Lass ihn schlafen, solange er noch ruhig schlafen kann,* beschloss Lionel. Diese Nachricht würde den Rest seines Lebens verändern.

Lionel schleppte sich in die Küche und ließ sich auf einen Stuhl in der Nähe des Telefons sinken. Ob außer ihm und André noch jemand aus seiner Gemeinde zurückgelassen worden war? Er wählte die Nummer des Gemeindebüros, doch der Anrufbeantworter sprang an. Die Stimme des Pastors nannte die Termine für die Sonntagsgottesdienste und die Bibelstunden am Mittwochabend. Er schloss mit den Worten: »Und denken Sie daran: Bleiben Sie wachsam und bereiten Sie sich auf die Wiederkunft des Herrn vor.«

Lionel wollte gerade auflegen, als jemand den Hörer abnahm. »Hallo? Hallo? Ist da jemand?«

»Ja«, erwiderte Lionel. »Wer spricht?«

»Hier spricht Freddie.«

»Freddie, hier ist Lionel. Ist sonst noch jemand da?«

Freddie war Vorsitzender des Komitees, das sich um das Gemeindehaus kümmerte und auch die Leute, die für die Begrüßung zuständig waren, einteilte. Freddie war häufig dort anzutreffen, wenn er etwas reparierte oder in Ordnung brachte.

»Niemand, Lionel. Außer mir ist niemand hier. Die Kleider des alten Mr. Hazel sind da, aber er hat sich in der vergangenen Nacht als Einziger im Gebäude aufgehalten. Er hat den Nachtwächter gespielt, als die Posaune erklang.«

»Als die was?!«

»Oh, ich habe sie nicht gehört, Lionel. Wenn ich sie gehört hätte, wäre ich jetzt fort und du auch. Aber du rufst an, genau wie alle anderen, die an diesem Morgen zum Telefon gerannt sind. Du hast es verpasst, genau wie ich, oder? Und du bist als Einziger in deiner Familie übrig geblieben?«

»Ja, na ja, auch André ist noch da.«

»Ist er bei euch?«

»Er schläft noch.«

»Weck ihn auf und lass mich mit ihm reden!«

»Nein, ich werde ihn schlafen lassen, Freddie.« Lionel wagte nicht zu fragen, warum ein Mann, der sich so für die Gemeinde eingesetzt hatte, die Entrückung verpasst hatte.

»Dann komme ich zu euch«, sagte Freddie. »Wir, du und ich, wir beide haben heute eine harte Lektion gelernt, nicht, Junge?«

»Ja, Sir.«

»Ich werde mit deinem Onkel sprechen und wir werden uns auf alle die Leute vorbereiten, die zu diesem kleinen Leuchtturm kommen und nach Antworten suchen.« Alle in Lionels Gemeinde nannten sie den kleinen Leuchtturm.

»Dann ist niemand aus der Gemeinde zurückgelassen worden, nur wir drei?«, fragte Lionel.

»Oh, es werden bestimmt noch mehr sein«, erwiderte Freddie. »Aber bisher habe ich nur von Leuten aus der Nachbarschaft gehört. Ich bete dafür, dass alle, die die Wahrheit kannten, auch danach gehandelt haben, bevor es zu spät war, aber ich fürchte, es werden noch mehr von unserer Sorte auftauchen.«

»Was machen wir denn jetzt, Freddie? Werden wir in die Hölle kommen?«

»Ich weiß es nicht genau, Junge, aber ich habe vor, es herauszufinden. Und als Erstes komme ich jetzt zu euch und rede mit deinem Onkel.«

Es würde mindestens eine Stunde dauern, bis Freddie bei ihm in Mount Prospect war, das wusste Lionel. Er wollte das Fernsehgerät anstellen und sehen, was in den Nachrichten über das große Massenverschwinden gebracht wurde. Es musste ein schreckliches Chaos verursacht haben. Aber zuerst wählte er die Nummer, die Verna Zee ihm gegeben hatte.

Lionel hörte die Verzweiflung in der weiblichen Stimme am anderen Ende der Leitung. Er nannte seinen Namen und sofort sagte sie: »Clarice ist fort, oder? Verschwunden.«

»Ja.«

»Und deine Eltern und jüngeren Geschwister?«

»Alle fort.«

»Oh Gott.«

»Genau das denke ich auch. Es war Gott.«

»Daran kann kein Zweifel bestehen. Was machst du jetzt, Lionel?«

»Ich weiß es nicht. Mein Onkel ist noch da und ein Mann aus unserer Gemeinde wird herkommen. Ich komme schon klar. Was wirst du machen?«

»Ich werde in die Gemeinde meiner Eltern gehen. Ich habe da angerufen und ein Mann namens Bruce Barnes erwartet mich. Er sagt, es gebe noch Hoffnung.«

»Hoffnung?«

»Für uns, für alle, die hier geblieben sind.«

»Wirklich?«

»Das hat er gesagt. Er wollte aber am Telefon nicht darüber sprechen. Aber ich werde hingehen. Es ist gar nicht weit von euch entfernt.«

»Die weiße Kirche?«

»Ich glaube, sie ist aus Ziegeln gebaut.«

»Nein, ich meine, die Kirche der Weißen?«

»Ich glaube schon. Ich gehe heute Nachmittag hin. Komm doch auch.«

»Vielleicht.«

Später, nachdem Freddie vorbeigekommen und André aufgeweckt hatte, kam noch ein weiterer Anruf.

»Washington«, meldete er sich.

»Cameron Williams vom Global Weekly. Ich möchte gern Lucinda Washington sprechen.«

»Meine Mom ist nicht da.«

»Ist sie noch im Büro? Ich brauche eine Empfehlung, wo man in der Nähe von Waukegan übernachten kann.«

»Sie ist nirgendwo«, erwiderte Lionel. »Ich bin der Einzige, der noch da ist. Mama, Daddy und alle anderen sind fort. Verschwunden.«

»Bist du sicher?«

»Ihre Kleider sind noch da, genau da, wo sie gesessen haben. Die Kontaktlinsen meines Daddy liegen auf seinem Morgenrock.«

»Oh Mann! Es tut mir Leid, Junge.«

»Das ist schon in Ordnung. Ich weiß, wo sie sind, und ich kann nicht einmal sagen, dass es mich überrascht.«

»Du weißt, wo sie sind?«

»Wenn Sie meine Mama kennen, dann wissen Sie auch, wo sie ist. Sie ist im Himmel.«

Der Mann klang skeptisch. »Ja, na ja, bist du in Ordnung? Kümmert sich jemand um dich?«

»Mein Onkel ist hier. Und ein Freund aus unserer Gemeinde. Vermutlich der Einzige, der noch da ist.«

»Du kommst also klar?«

»Ja.«

Aus dem Keller hörte Lionel zuerst das Gelächter von seinem Onkel, der vermutlich glaubte, dass Freddie ihn auf den Arm nahm. Freddie versicherte ihm, es sei durchaus kein Scherz, und plötzlich begann André zu weinen, dann zu schreien. Er rannte die Treppe hoch, an Lionel vorbei. »Sag mir, dass das nicht stimmt, Lionel!«

»Es stimmt, Onkel André.«

Als er die Sachen seines Schwagers im Wohnzimmer entdeckte, schrie André auf. Lionel steckte den Kopf zur Tür herein. »Geh lieber nicht nach oben, André.«

Aber André ignorierte ihn und rannte die Treppe hoch. Lionel hörte lautes Schluchzen, Fluchen und Türknallen. André kam wieder herunter.

»Wo bewahrt dein Vater seine Wagenschlüssel auf?«

»Warum? Dein Wagen ist doch –«

»Mein Wagen ist Schrott! Also, wo sind sie?«

Andrés Augen blickten wild umher.

»Am Haken neben dem Kühlschrank, aber –«

André schnappte sich die Schlüssel, ließ sie in der Eile fallen, hob sie wieder auf und eilte hinaus.

»Willst du dich nicht anziehen?«, rief Lionel hinter ihm her, womit er André anscheinend daran erinnerte, dass er nicht einmal eine Brieftasche dabei hatte.

André rannte in den Keller, schnappte sich seine Hose, seine Brieftasche und die Schuhe und kam in seiner Unterwäsche angelaufen. Er sprang in den Wagen und fuhr mit quietschenden Reifen davon. Lionel fragte sich, ob er ihn jemals wiedersehen würde.

Freddie fragte, ob er mit ihm in die Gemeinde zurückkehren wolle. »Nein, Sir. Ich werde hier bleiben und mir die Nachrichten ansehen. Danach werde ich mich mit einer Freundin von Clarice treffen.«

»Ich werde später noch mal nach dir sehen«, verabschiedete sich Freddie und Lionel dankte ihm.

Langsam ging er ins Wohnzimmer und setzte sich auf die Couch. Die Nachrichten aus aller Welt waren schrecklich. Noch nie hatte sich Lionel so allein gefühlt wie in diesem Augenblick, als er den Schlafanzug und Morgenrock seines Vaters betrachtete.

Kapitel 9

Ryan bleibt allein

An diesem schicksalsträchtigen Morgen wachte Ryan Daley früh auf. Ganz vage erinnerte er sich an den Lärm mitten in der Nacht. Die Erinnerung war jedoch nicht so stark, dass sie ihn hellwach werden ließ, aber er erinnerte sich, dass er gedacht hatte, sein Vater wäre nach Hause gekommen. Doch dann fiel ihm wieder ein, dass sein Dad ja erst am Vormittag erwartet wurde. Seine Mutter würde ihn abholen, nachdem Ryan zu den Steeles gegangen war, um mit Raymie zusammen zur Schule zu gehen.

Ryan hörte seine Mutter nicht und nahm an, dass sie noch schlief. Er duschte und zog sich an, dann machte er seine Hausaufgaben fertig, bevor er nach unten zum Frühstücken ging. Bestimmt würde sie mittlerweile auf sein.

Aber sie war nicht da. Ein Zettel hing am Kühlschrank. Darauf stand: »Liebling, bitte bleib hier, bis ich dich anrufe. Ich versuche, zum Flughafen durchzukommen. Ich weiß nicht genau, ob ich das schaffe, weil so schrecklich viel passiert ist, darum mach dir bitte keine Sorgen. Und wenn das, was im Fernsehen gezeigt wird, dir Angst macht, dann stell es einfach ab. Dad und ich werden, sobald es geht, nach Hause kommen. Die Steeles konnte ich nicht erreichen, geh also nicht rüber, bevor du nicht mit Mrs. Steele oder Raymie gesprochen hast. Und geh nicht allein zur Schule. Vielleicht fällt heute der Unterricht ja auch aus. Das werden sie bestimmt in den Nachrichten durchgeben. Ich rufe dich irgendwann am Vormittag an. Geh nirgendwohin, bis du nicht von mir gehört hast, bitte. Ich liebe dich, Mom.«

Ryan hatte keine Ahnung, wovon sie sprach, aber das hielt ihn nicht davon ab, sich Sorgen zu machen.

Er holte sich Cornflakes und stellte das kleine Fernsehgerät an, das auf der Küchentheke stand. Doch er hatte keinen Empfang, darum stellte er es wieder ab. Als er aufgegessen hatte, beschloss er, Raymie anzurufen. Die Telefone funktionierten zwar nicht, aber er bemerkte, dass das Licht am Anrufbeantworter blinkte, was bedeutete, dass eine Nachricht hinterlassen worden war. Er drückte den Knopf. Seine Mutter hatte um halb fünf Uhr morgens angerufen. Das war es also, was er gehört hatte. Sie war mitten in der Nacht aufgebrochen. Und dieser Anruf kam lange, nachdem sie den Zettel für ihn geschrieben hatte und gegangen war.

»Ryan«, ertönte die Stimme seiner Mutter vom Band, »ich stecke in einem unglaublichen Verkehrsstau fest und ich weiß nicht mal, ob ich zum Flughafen durchkomme oder wieder nach Hause umkehren muss. Ich versuche es einfach. Wenn du diese Nachricht abhörst, ruf mich doch über das Autotelefon an. Die Nummer kennst du ja. Ich komme auch übers Telefon nicht zum Flughafen durch und das erste Mal, als ich versucht habe, dich anzurufen, waren alle Leitungen besetzt. Wenn es also nicht sofort klappt, versuch es weiter. Und denk daran, mach dir keine Sorgen. Ich werde Dad finden und wir werden, sobald es geht, nach Hause kommen.«

Seine Mutter klang sehr besorgt. Wie sollte er sich da keine Sorgen machen? Ryan bekam noch immer keinen Sender deutlich herein, darum stellte er das Radio an und begann mit einem seiner Videospiele. Er war gerade in sein Lieblingsspiel vertieft, als er erfuhr, was passiert war. Es war wie ein Horror-Science-Fiction-Film von der Art, die er sich erst mit zwölf ansehen durfte und die ihm, wenn er ehrlich war, noch immer Angst machten.

Irgendetwas Schreckliches war passiert. Millionen von Menschen waren zur selben Zeit auf der ganzen Welt verschwunden. Sie hatten alles Materielle zurückgelassen. Fahrerlose Wagen, Lastwagen und Busse waren ineinander gerast, Schiffe waren auf Grund gelaufen, Flugzeuge abgestürzt. Wo immer jemand einen verantwortungsvollen Posten hatte und verschwunden war, hatte es ein Unglück gegeben.

Ryan stellte sein Videospiel ab und suchte einen Fernsehsender. Und plötzlich waren alle Sender wieder kristallklar. Die Moderatoren sprachen sogar über dieses Phänomen. Sie sagten, es gebe Schwierigkeiten mit der Strom- und Wasserversorgung, außerdem mit den Kommunikationskanälen. »Bitte nur im Notfall telefonieren, und fassen Sie sich bitte kurz.«

Jetzt hatte Ryan wirklich Angst. Wenn sein Dad nun in einem Flugzeug gesessen hatte, dessen Pilot verschwunden war? Das Ganze war kurz vor elf passiert, als er die ersten Sirenen gehört hatte! In den Nachrichten wurde von verschiedenen Bränden in den Vororten von Chicago und der Stadtmitte berichtet. Auf der ganzen Welt waren Brände ausgebrochen, wenn die Menschen etwas auf den Herd gestellt hatten und dann verschwunden waren und den Herd nicht mehr abstellen konnten. Ryan stellte sich vor, wie seine Mutter versuchte, durch die verstopften Straßen durchzukommen. Er entdeckte einen Hubschrauber, der die Highways überprüfte, die riesigen Parkplätzen glichen. Die Leute kamen nur durch, wenn sie von den Hauptstraßen abbogen und es über Nebenstraßen versuchten.

Ryan wusste, dass seine Mutter längst wieder zu Hause sein wollte. Vermutlich hatte sie auch nicht gewollt, dass er allein mit diesen Berichten konfrontiert wurde. Die Berichte aus der ganzen Welt faszinierten ihn und er saß mit aufgerissenen Augen vor dem Fernseher, als die Videofilme gezeigt wurden, wo Menschen einfach verschwanden und ihre Kleider zu Boden schwebten.

Ein Film aus Hawaii zeigte eine Geburtstagsfeier, bei der das Geburtstagskind, seine beiden Brüder und seine Eltern verschwanden, während eine Nachbarin gerade aufzeichnete, wie das Mädchen seine Geburtstagskerzen auspustete. Sie beugte sich ganz dicht über den Kuchen, holte tief Luft und verschwand. Ihr Hut fiel in die Kerzen und ging in Flammen auf. Die Frau, die die Videoaufnahme machte, sah nur die Flammen und löschte schnell das Feuer, dann erkannte sie, dass sie und ein anderes Ehepaar als Einzige noch im Raum saßen. Ryan hörte, wie sie die Luft anhielt und etwas sagte, während sie die Kamera auf die Kleiderhaufen im Zimmer schwenkte.

Als der Sender das Video in Zeitlupe wiederholte, sah Ryan, was die Frau, die die Kamera hielt, nicht gesehen hatte. Kurz bevor der Hut des kleinen Mädchens in die Kerzen fiel, war das Mädchen verschwunden und ihr Kleid sank zu Boden.

Ein Video, das an der Westküste aus einem Hubschrauber aufgenommen worden war, zeigte, wie ein Streifenwagen einen anderen Wagen stoppte. Während einer der Polizisten zur Fahrerseite ging und der andere ihm von hinten Deckung gab, verschwanden der Fahrer und einer seiner beiden Passagiere, genauso wie der Polizist, der hinten am Wagen stand! Der andere Polizist nahm an, der Fahrer und einer seiner Passagiere hätten sich tief in den Sitz gedrückt, darum zog er seine Waffe und warnte seinen Partner, der nicht mehr da war.

Der Polizist legte beide Hände an seine Waffe und rannte zum hinteren Teil des Wagens, um nachzusehen, was mit seinem Kollegen los war. Doch er fand nur noch seine Mütze, sein Hemd, seine Hose, den Gürtel, seine Pistole, Handschellen, Munition und Schuhe an der Stelle, wo er gestanden hatte. Der Polizist geriet in Panik, schrie die Insassen des Wagens an, mit erhobenen Händen herauszukommen, während er hinter seinem Streifenwagen Deckung suchte.

Während er dort kauerte, stieg eine hysterische Frau aus dem Fond aus, die ihm zuschrie, der Fahrer und der andere Mitfahrer seien verschwunden. Der Polizist befahl ihr, sich mit dem Gesicht nach unten auf den Asphalt zu legen, und legte ihr Handschellen an, bevor er den Wagen durchsuchte. Er zog die leeren Kleider von den Sitzen, dann nahm er ihr die Handschellen wieder ab und tröstete sie, während beide versuchten, das Ganze zu verstehen.

Bis der Kameramann im Hubschrauber erkannte, was passiert war, hatten sich auf diesem Teil des Highways bereits mehrere Unfälle ereignet. Er drehte ab und zeigte nun Lastwagen, die in den Leitplanken hingen, Wagen, die in Felsspalten gestürzt waren, und sogar die Kleider eines Arbeiters der Stadtwerke, die in den Sprossen einer an einen Laternenpfahl gelehnten Leiter hingen.

Ryan wünschte, seine Mutter wäre zu Hause, aber er glaubte, keinen Ton herausbringen zu können, selbst wenn jemand da gewesen wäre, der ihm hätte zuhören können. Das konnte doch alles nicht wahr sein! Er schaltete um und merkte, dass auf jedem Kanal dasselbe Thema lief. Die Leute wurden gebeten, in ihren Häusern zu bleiben, wo sie in Sicherheit waren, und die Rundfunk- und Fernsehgeräte eingeschaltet zu lassen. Ryan versuchte erneut, bei Raymie anzurufen, aber es meldete sich nur der Anrufbeantworter. Er hinterließ keine Nachricht. Später, wenn er es wagte, würde er zu den Steeles laufen und hören, was Raymie dazu meinte. Er fragte sich, ob auch jemand, den er kannte, verschwunden war.

Ryan versuchte, seine Mutter zu erreichen. Er kam zwar durch, doch sie meldete sich nicht. Es kam nicht die übliche Meldung, dass der Teilnehmer im Augenblick nicht zu erreichen sei, darum musste die Verbindung zu Stande gekommen sein. Es sah seiner Mutter gar nicht ähnlich, das Telefon im Wagen zu lassen, wenn sie nicht da war, und es war auch immer eingeschaltet, wenn sie es bei sich hatte. Ryan konnte sich das nicht erklären. Jetzt machte er sich richtige Sorgen.

Er fand einen Sender, auf dem über den Absturz von Flugzeugen berichtet wurde, die an diesem Morgen in O'Hare landen sollten. Sein Vater kam aus Asien, mehr wusste er nicht. Eines der abgestürzten Flugzeuge kam von dort, aber Ryan kannte weder Ankunftszeit noch Flugnummer des Flugzeugs, nicht einmal die Fluglinie. Er hoffte gegen alle Vernunft, dass sein Vater nicht in diesem Flugzeug gesessen hatte.

Nachrichtenhubschrauber zeigten den Flughafen von oben. Große Jets standen auf den Startbahnen. Die Menschen liefen bis zu zwei Meilen von den Flugzeugen zum Terminal, und wenn sie dort erst einmal angekommen waren, war es ihnen fast unmöglich, das Flughafengelände zu verlassen. Die Straßen rund um den Flughafen waren verstopft. Ryan beobachtete, wie sich Tausende gestrandeter Passagiere zwischen den Wagen hindurchschlängelten, bis sie Taxen oder andere Wagen fanden, die sie nach Hause brachten, falls sie es durch das Verkehrschaos schafften.

Irgendwo dort draußen versuchte Ryans Mutter, entweder zum Flughafen durchzukommen oder etwas über den Flug ihres Mannes zu erfahren. Es konnte natürlich auch sein, dass sie ihn bereits abgeholt hatte und nun schon auf dem Heimweg war. Nach dem, was Ryan im Fernsehen sah, konnte es noch sehr lange dauern, bis sie es schaffte. Immer wieder wählte er die Nummer ihres Autotelefons, aber sie meldete sich nicht. Er hoffte inbrünstig, dass es nur an dem Zusammenbruch der Telefonleitungen lag.

Langsam geriet Ryan in Panik. Telefonisch konnte er niemanden erreichten und er hatte keine Ahnung, ob seine Eltern in Sicherheit waren. Es gefiel ihm zwar gar nicht, dass seine Mutter vielleicht versuchte, ihn zu anzurufen, während er weg war, aber er musste hier raus. Er musste zu Raymie und sehen, wie es ihm ging.

Ryan versuchte noch einmal, seine Mutter erreichen, dann probierte er es bei Raymie. *Immer noch der Anruf-*

beantworter. Er legte auf und rannte aus dem Haus, die Straße hinunter und zu Raymies Haus. Die Leute standen auf der Straße, sprachen mit ihren Nachbarn. Viele weinten. Sie sahen, wie er die Verandastufen der Steeles hochstieg. Er wollte nicht den Anschein erwecken, als hätte er etwas vor, darum setzte er sich nur auf die oberste Stufe, als würde er auf seinen Freund warten, bis die Leute ihn nicht mehr beachteten.

Ryan wollte gerade klingeln, als ihm auffiel, dass die Vorhänge zurückgezogen waren, die Tür unverschlossen war und sogar ein Stückchen offen stand. Es stand kein Wagen in der Einfahrt, aber jemand musste zu Hause sein. Er schlüpfte ins Haus und der bittere Geruch von verbranntem Kaffee drang ihm in die Nase. Auf Zehenspitzen schlich er in die Küche und sah den Kaffeetopf im Waschbecken. Er war noch heiß.

Ryan wusste, dass jemand zu Hause war, aber wer? Er öffnete die Tür zur Garage. Nur Mr. Steeles BMW fehlte. Mrs. Steeles Wagen stand da, ebenfalls der, den Raymies Schwester fuhr, wenn sie zu Hause war. Raymies Go-cart war da und auch sein Fahrrad. Wer war also zu Hause und wer nicht? Er sah im Garderobenschrank nach, wo Mr. Steeles Trenchcoat, sein Pilotenkoffer und seine Mütze immer aufbewahrt wurden. Mr. Steele sollte am Vortag eigentlich nach England fliegen.

Auf Zehenspitzen schlich Ryan nach oben zu den Schlafzimmern. An der Wand hingen eine Reihe von Familienfotos. Die Tür zu Raymies Zimmer war geschlossen. Ryan klopfte leise. Keine Antwort. Er öffnete die Tür. Raymies Schlafanzug lag ordentlich auf dem Bett. Neidisch betrachtete Ryan das Bild von Mr. Steele in Uniform auf seinem Nachttisch.

Als Ryan Raymies Zimmer verließ, hielt er die Luft an. Aus dem Schlafzimmer hörte er ein Geräusch. Was war das? Es war also doch jemand zu Hause!

Vom Flur aus konnte Ryan ins Schlafzimmer sehen. Da war Raymies Dad, mit dem Gesicht nach unten auf dem Bett. Seine Uniform lag auf einem Haufen neben dem Bett. Er schien zu schlafen, abgesehen davon, dass seine Schultern bebten, als würde er weinen. Ryan wagte nicht, ihn zu stören. Er schlich den Flur entlang, die Treppen hinunter und lief nach Hause.

Ryan hatte ein ganz ungutes Gefühl, als er das stille Haus betrat. Er stellte das Fernsehgerät an und sah die Listen der Passagiere, die sich an Bord der abgestürzten Maschinen befunden hatten, über den Bildschirm rollen.

»Wir wiederholen«, sagte der Moderator gerade, »normalerweise geben wir die Namen von vermissten oder getöteten Passagieren nicht bekannt, bevor die nächsten Angehörigen verständigt wurden. Da jedoch so viele Maschinen abgestürzt sind, ist es unmöglich, jeden Einzelnen persönlich zu unterrichten. Darum sind wir gebeten worden, diese Namen zu veröffentlichen. Denken Sie daran: Falls jemand, den Sie kennen, auf einer dieser Listen steht, so bedeutet es nur, dass er einen Flug auf einer der abgestürzten Maschinen gebucht hat und dass sein derzeitiger Aufenthaltsort im Augenblick noch unbekannt ist.«

Ryan bedeckte die Augen mit den Händen und blinzelte zwischen den Fingern hindurch, als die Namen über den Bildschirm flimmerten. Einen erkannte er als den Vater von einem seiner Freunde. Ein oder zwei andere kamen ihm bekannt vor und er fragte sich, wie viele seiner Freunde wohl Familienmitglieder verloren hatten. Und dann plötzlich entdeckte er den Namen seines Vaters. Ryan brach in Tränen aus.

Er stellte das Fernsehgerät ab und schüttelte den Kopf. Das konnte nicht sein. Er versuchte, sich einzureden, dass sein Dad irgendwie überlebt hatte und ihn anrufen würde. Aber das war unmöglich und er wusste es. Jetzt waren nur noch er und seine Mutter übrig. Wusste sie es bereits? Das Licht am Anrufbeantworter blinkte wieder. Vielleicht wollte sie es ihm persönlich sagen. Vielleicht wusste sie es noch nicht einmal!

Bestimmt zum hundertsten Mal wählte er die Nummer ihres Autotelefons. Es klingelte und klingelte und endlich meldete sich jemand. Es war eine unfreundliche Männerstimme. »Hallo! Wer ist da?«

»Hier spricht Ryan Daley. Ich dachte, ich hätte die Nummer des Autotelefons meiner Mutter gewählt.«

»Äh, das hast du auch, Sohn. Der volle Name deiner Mutter lautet, äh, Marjorie Louise Daley?«

»Ja.«

»Wo bist du gerade?«

»Wer spricht denn da?«

»Es tut mir Leid, Junge. Hier spricht Sergeant Flanigan von der Polizeistation in Des Plaines.«

»Was ist passiert? Geht es meiner Mutter gut?«

»Ich fürchte nicht, Ryan. Eine Gasleitung hatte ein Leck und ist explodiert, als mehrere Wagen über die Kreuzung fuhren. Deine Mutter ist zum Lutheran General in Park Ridge gebracht worden. Weißt du, wo das ist?«

»Nein, Sir.«

»Na ja, es ist – nur eine Minute, Junge … Ja, okay. … Hör zu, Ryan, hast du Freunde oder Verwandte, die sich eine Zeit lang um dich kümmern können?«

Ryan wollte ihm erzählen, dass er gerade erst den Namen seines Vaters auf einer Liste von abgestürzten Passagieren entdeckt hatte, aber das tat er nicht. »Warum?«

»Junge, ich sage dir das nur ungern am Telefon, aber deine Mutter hat es nicht geschafft. Die Leichenhallen sind voll, darum wurde eine neue in der Maine East High School, nicht weit vom Krankenhaus, eingerichtet. Du kannst sicher jemanden bitten, dich in ein oder zwei Tagen hinzubringen, damit du sie identifizieren kannst, aber versuche nicht, sofort zu kommen.«

Ryan brachte keinen Ton heraus.

Sergeant Flanigan entschuldigte sich erneut. »Es tut mir wirklich Leid, Junge. Bist du sicher, dass sich jemand um dich kümmert?«

Aber Ryan legte einfach auf. War es möglich, dass die Leute, die an Jesus geglaubt hatten, in den Himmel geholt worden waren, genau wie Raymie es ihm erklärt hatte? Er, seine Eltern und Captain Steele waren zurückgeblieben, aber nun waren seine Eltern tot. Was sollte er jetzt machen?

Ryan hatte keine Ahnung. Ihm fiel nur eine Möglichkeit ein: Er wollte es in der Gemeinde der Steeles probieren. Raymies Gemeinde war nur eine knappe Meile entfernt. Ryan hatte es nicht eilig. Er würde laufen, nachdenken und weinen. Falls jemand in dieser Gemeinde auch zurückgelassen worden war, würde Ryan dort vielleicht Hilfe finden.

Kapitel 10

Zusammentreffen

Ist bei euch alles in Ordnung, Judd?«, rief ein Nachbar, als Judd Thompson um die Ecke bog und zu seinem Haus lief.

»Weiß ich noch nicht«, antwortete Judd.

Dabei wusste er es eigentlich sehr wohl. Er wusste genau, was er im Haus vorfinden würde. Die Wirkung des Champagners war lange verflogen und plötzlich kam er sich mit seiner Brieftasche voller Bargeld und dieser Kreditkarte schrecklich dumm vor.

Bin ich nicht jemand?, fragte er sich. *Wirklich ein großer Mann. Ein großer Verbrecher. Und jetzt bin ich ein Waisenkind.* Trotz seiner sechzehn Jahre fühlte er sich wie ein Kind.

Judd rannte die Treppe hinauf und sah zuerst in Marcies Zimmer nach. Sie war ein sehr ordentliches Kind. Sie ließ nie ihre Puppen herumliegen und auch ihre Schulbücher und Kleider lagen immer ordentlich auf ihrem Schreibtisch und ihrem Stuhl. Zwei kleine Zahnspangen lagen in der Einbuchtung ihres Kissens, die ihr Kopf hinterlassen hatte. Judd schlug die Decke zurück und fand ihr Nachthemd.

In Marcs Zimmer, das fast genauso unordentlich aussah wie Judds, fand er Socken und seine Unterhose im Bett.

Bevor er ins Schlafzimmer seiner Eltern ging, sah er in seinem eigenen Zimmer nach. Seine Eltern waren hier gewesen, das war klar. Sie hatten seine Sachen durchgesehen und nach Hinweisen gesucht, wo er sein könnte. Vielleicht hatten sie in der Bibliothek angerufen, um sich nach ihm zu erkundigen. Irgendwie hatten sie es herausgefunden, aber in seinem Zimmer hatte er keine Hinweise hinterlassen. Auf dem Weg zum Flughafen war es ihm so cool erschienen, dass er sie zum Narren hielt und sich über sie lustig machen konnte. Jetzt kam er sich wie ein Idiot vor.

Judd fühlte sich ganz elend, als er die Treppe hinunterging. Natürlich wollte er, dass seine Familie bei Jesus war. Das hatten auch sie gewollt, davon hatten sie gesprochen, darauf hatten sie sich gefreut. Aber natürlich hatte er auch nicht allein zurückbleiben wollen.

Er schlüpfte ins Schlafzimmer seiner Eltern. Die Vorhänge waren zugezogen und es war dunkel hier. Er knipste das Licht jedoch nicht an, sondern wartete, bis sich seine Augen an die Dunkelheit gewöhnt hatten. Judd schloss die Tür und lehnte sich dagegen. Er fühlte sich ganz schwach. Im Flugzeug hatte er nicht viel Schlaf bekommen und seine Müdigkeit machte sich jetzt bemerkbar.

Judd war erstaunt zu sehen, dass das Bett seiner Eltern unberührt war. Konnte es sein, dass sie doch nicht entrückt worden waren? Nein! Es konnte nicht sein. Er schlug die Decke zurück und konnte kein Nachtzeug finden. Er sah sich im Zimmer um und knipste jetzt das Licht an. Der Morgenrock seiner Mutter hing über dem Stuhl. Das machte keinen Sinn. Den Morgenrock seines Vaters fand er im Schrank. Hoffnung machte sich in ihm breit. Aber worauf hoffte er denn? Dass sein kleiner Bruder und seine Schwester entrückt worden waren und seine Eltern nicht?

Er rannte ins Wohnzimmer, wo ihm sehr schnell klar wurde, was passiert war. Der Telefonhörer baumelte vom Tisch herunter. Dort fand er auch die Kleidung seiner Eltern. Offensichtlich hatten sie sich wieder angezogen, nachdem sie sein Verschwinden bemerkt hatten. Die Jeans seines Vaters und sein Pullover und die Schuhe lagen auf einem Haufen neben dem Telefon, die Sachen seiner Mutter in dem Sessel, in dem sie gesessen haben musste.

Judd legte den Hörer auf die Gabel und hob die Kleidungsstücke auf. Wie betäubt ließ er sich in den nächsten Sessel sinken. Der leichte Geruch des Aftershaves seines Vaters und des Parfüms seiner Mutter drang ihm in die Nase. Jetzt konnte er die Tränen nicht mehr länger zurückhalten. Sie hatten ihn so sehr geliebt, für ihn gesorgt und sich Sorgen um ihn gemacht. Und wie hatte er sie behandelt! Er drückte ihre Kleider an sich und schloss die Augen. Ihm wurde klar, dass er sein früheres Verhalten jetzt ausbaden musste.

Seine Mutter hatte ihm immer wieder gesagt, dass Jesus wiederkommen würde und dass es noch zu Judds Lebzeiten geschehen könnte. Er wusste, dass dies in seiner Gemeinde gelehrt wurde, aber es war ihm so unglaublich erschienen. Na ja, jetzt nicht mehr. Es war passiert und er war hier zurückgelassen worden. Was sollte er jetzt tun?

Obwohl Judd schrecklich müde war, wusste er, dass er keinen Schlaf finden würde. Er musste darüber nachdenken, wie er den Wagen von O'Hare zurückbekommen sollte. Wann würde das wohl möglich sein?

Was er jetzt als Erstes tun sollte, wusste er. Es gab nur eine Möglichkeit. Er musste zu seiner Gemeinde fahren. *Seiner Gemeinde*. Seit er die Grundschule verlassen hatte, hatte er die *New Hope Village Church* nicht mehr *seine Gemeinde* genannt. Wer war wohl noch hier geblieben? War er das einzige Mitglied, das nicht mit in den Himmel gegangen war? Er fühlte sich allein auf der Welt, nicht nur in diesem Haus. Er beschloss, in der Gemeinde anzurufen, nur um zu sehen, ob jemand da war.

Die Stimme auf dem Anrufbeantworter war die des zweiten Pastors Bruce Barnes. Er arbeitete schon seit einigen Jahren in der Gemeinde mit. Die Nachricht machte deutlich, dass auch er zurückgelassen worden war!

»Sie sprechen mit der New Hope Village Church. Wir planen eine wöchentliche Bibelstunde, doch im Augenblick werden wir uns nur sonntags um zehn Uhr zum

Gottesdienst treffen. Alle Mitarbeiter unserer Gemeinde außer mir und die meisten der Gemeindemitglieder sind nicht mehr da. Die Wenigen, die zurückgelassen wurden, werden sich um die organisatorischen Dinge kümmern und ein Video verteilen, das unser Pastor für eine Zeit wie diese vorbereitet hat. Sie können jederzeit im Gemeindebüro vorbeischauen und sich eine kostenlose Kopie abholen. Wir freuen uns darauf, Sie am Sonntag zum Gottesdienst begrüßen zu können.«

Judd wollte nicht warten. Er suchte nach den Schlüsseln seiner Mutter und setzte ihren Wagen aus der Garage. Doch er kam nicht weit. Die Straßen waren alle verstopft. Darum fuhr er zum Haus zurück, um sich das Fahrrad seines kleinen Bruders zu holen. Ihm war alles egal. Er war auf dem Weg in die Gemeinde und zum ersten Mal seit langer Zeit wollte er auch wirklich dorthin.

Als Ryan Daley sich der *New Hope Village Church* näherte, wusste er nicht, was er denken sollte. Er war mit seinen zwölf Jahren nur ein paar Mal in einer Kirche gewesen, aber in dieser noch nie. Ein großer, dunkelhaariger Junge auf einem kleinen Fahrrad radelte an ihm vorbei. Sie sahen sich an, sprachen aber nicht miteinander. Ryan hatte ihn noch nie gesehen.

Der große Junge ließ sein Fahrrad neben der Eingangstür fallen und eilte hinein. Ryan hatte es nicht so eilig. Er wusste nicht, wen oder was er überhaupt suchte. Als er das Gebäude betrat, sprach der Junge auf dem Fahrrad gerade mit einem etwa dreißigjährigen Mann, der lockige Haare hatte und eine Brille trug.

»Kann ich dir helfen, Junge?«, fragte der Mann, als er Ryan über Judds Schulter hinweg entdeckte.

Ryan bekam kein Wort heraus. Wie sollte er die Frage, die er hatte, formulieren? Konnte er einfach fragen, ob Jesus die Menschen tatsächlich in den Himmel geholt hatte?

»Hast du jemanden aus deiner Familie verloren?«, fragte der Mann.

Ryan nickte. »Sie sind gestorben«, brachte er heraus.

»Nein, sie sind im Himmel bei Jesus.«

»Sie wurden nicht weggenommen«, beharrte Ryan. »Mein Vater starb bei einem Flugzeugabsturz und meine Mutter bei einem Autounfall.«

Bruce kam näher und zog Ryan an sich. Das war dem Jungen peinlich, aber er ließ es geschehen. »Ich heiße Bruce Barnes«, stellte er sich vor. »Ich bin der Einzige, der von den Mitarbeitern dieser Gemeinde übrig geblieben ist, und ich weiß genau, was passiert ist. Ich werde es gleich einer kleinen Gruppe von jungen Leuten erzählen und du kannst gern hier bleiben.«

»Sie werden es *erklären*?«

Bruce nickte. »Ich weiß, was passiert ist, weil ich es verpasst habe. Unser Hauptpastor hat ein Video hinterlassen, das mir helfen wird, es euch zu erklären. Bist du daran interessiert?«

Ryan nickte. Der große Junge ebenfalls. Bruce stellte ihn als Judd Thompson vor und erklärte, dass seine Familie Mitglied der Gemeinde gewesen war. Sie schüttelten sich die Hand. Ryan kannte keine anderen Kinder, die so alt waren wie Judd, abgesehen von ein paar Cousins aus Kalifornien.

Bruce sagte, er erwarte noch zwei weitere Kinder. »Ich habe einen Anruf von einer Vicki Byrne bekommen. Auch sie habe ich eingeladen und sie rief später zurück und teilte mir mit, dass ein Junge namens Lionel Washington ebenfalls kommen würde. Wenn alle da sind, können wir anfangen. Ich möchte euch meine Geschichte erzählen.«

Als Vicki und Lionel kamen, führte Bruce die vier in sein kleines Büro, in dem ein Videogerät und ein Fernseher standen. »Ihr werdet vermutlich nicht alles, was der Pastor sagt, verstehen«, erklärte Bruce, »aber ihr werdet überrascht sein, dass er weiß, was passiert ist, obwohl er nicht mehr bei uns ist. Wichtiger noch, ihr müsst wissen, dass ich euch dieselbe Geschichte erzählen werde.

Ich habe meine Frau und meine kleinen Kinder verloren. Sie verschwanden aus ihren Betten und ich wusste sofort, dass mein Leben eine Lüge gewesen war. Ich hatte die Bibelschule besucht und wurde Pastor, aber ich dachte immer, ich würde so durchrutschen. Ich lebte für mich selbst und habe nie die Entscheidung für Jesus Christus getroffen. Judd, ich kenne dich und deine Familie. Ich bin überrascht, dich hier zu sehen, aber es erstaunt mich nicht, dass der Rest deiner Familie nicht mehr da ist. Du weißt, was passiert ist, oder?«

Judd nickte traurig. Bruce bat die anderen, ihre Geschichte zu erzählen. Sie weinten, während sie sprachen, und sie weinten, während sie zuhörten. Eine Tragödie war über sie hereingebrochen, mit der keiner von ihnen gerechnet hatte.

»Ich weiß, es ist schwer für euch, das jetzt zu begreifen, aber ich habe eine gute Nachricht für euch«, sagte Bruce. »Die Frage, die euch alle im Augenblick bewegt, ist die, ob es noch Hoffnung für euch gibt. Ihr habt Christus verpasst, als er wiedergekommen ist, um seine Gemeinde zu sich zu holen, aber ihr seid nicht für immer verloren. Wir werden einige schreckliche Tage und Jahre erleben, aber die Bibel macht deutlich, dass während dieser Zeit noch viele zum Glauben an Christus kommen werden. Die Menschen können noch immer gläubig werden und, wenn sie sterben, in den Himmel kommen.

Das wird euren Schmerz, eure Trauer, eure Einsamkeit nicht lindern. Auch ich kann mir nicht vorstellen, dass ich eines Tages einmal nicht mehr über das weinen werde, was ich verloren habe. Aber jetzt entschuldige ich mich nicht mehr dafür und es ist mir auch nicht peinlich, dass ich jedem, der hier hereinkommt, erkläre, wie er zu Christus finden kann. Es ist wirklich ganz einfach. Gott hat es uns sehr leicht gemacht. Wenn ihr das hören wollt, dann sagt es nur und ich werde es euch erklären.«

Vicki hob die Hand. »Wollen Sie etwa sagen, dass wir, wenn wir das vorher getan hätten, nicht hätten hier bleiben müssen?«

Bruce nickte.

»Und wir können jetzt noch immer in den Himmel kommen, wenn wir sterben?«

Wieder nickte er. »Wollt ihr es alle hören?« Die vier Jugendlichen nickten. »Zuerst«, begann er, »müssen wir uns selbst sehen, wie Gott uns sieht. In der Bibel heißt es, dass wir alle gesündigt haben, also, dass wir alle Fehler gemacht haben und vieles, das nicht in Ordnung ist. Dort steht auch, dass wir uns nicht selbst retten können. Viele Menschen dachten, sie könnten sich den Weg zu Gott oder in den Himmel verdienen, indem sie etwas Gutes tun, aber das ist das größte Missverständnis, das es gibt. In der Bibel heißt es, dass nicht die guten Taten, die wir tun, uns retten, sondern Gottes Gnade allein.«

»Aber ich habe nichts Gutes getan«, sagte Vicki. »Ich habe gar nicht erst versucht, in den Himmel zu kommen, weil ich das Ganze gar nicht geglaubt habe.«

»Was denkst du nun?«, fragte Bruce freundlich.

»Ich denke, dass ich Unrecht hatte.«

»Ich auch«, erwiderte Judd.

»Und ich auch«, warf Lionel ein.

Ryan sagte nichts, aber Bruce war klar, dass er zuhörte. Das alles war vollkommen neu für ihn. Er wusste nur, was Raymie ihm zu erklären versucht hatte.

»Die Strafe für unsere Fehler und unsere Vergehen ist der Tod«, fuhr Bruce fort. »Jesus hat unsere Schuld auf sich genommen und die Strafe für sie durch seinen Tod am Kreuz gezahlt. Er ist an unserer Stelle gestorben, weil er uns liebt. Wenn wir zugeben, dass wir Sünder und eigentlich verloren sind und dann sein Geschenk der Erlösung annehmen, errettet er uns. Ein Handel findet statt. Wir kommen aus der Dunkelheit ins Licht, vom Verlorensein zur Erlösung. Wir sind errettet. Die Bibel sagt, dass Jesus denjenigen, die ihn annehmen, die Macht gibt, Gottes Kinder zu sein. Denn genau das ist Jesus – der Sohn Gottes. Wenn wir Kinder Gottes werden, haben wir, was Jesus hat: Wir gehören zur Familie Gottes, wir erhalten Vergebung für unsere Fehler und bekommen ewiges Leben.

Nachdem ihr dieses Video angeschaut habt, das unser Pastor uns hinterlassen hat, werde ich euch eine Frage stellen, die ich mich früher immer gescheut habe, anderen Menschen zu stellen. Ich werde euch fragen, ob ihr bereit seid, euer Leben Christus anzuvertrauen. Ich werde mit euch beten und euch helfen, mit Gott darüber zu sprechen. Euch mag das übereilt erscheinen. Das alles ist möglicherweise noch neu für euch. Ihr sollt keine übereilte Entscheidung treffen, wenn ihr vielleicht noch zu schockiert seid über das, was passiert ist. Aber ich möchte auch nicht, dass ihr zu lange wartet und diese Entscheidung wieder aufschiebt, denn die Welt ist jetzt so gefährlich geworden wie nie zuvor. Vielleicht habt ihr Christus beim ersten Mal verpasst, weil ihr es nicht besser wusstet. Aber jetzt wisst ihr es. Was könnte schlimmer sein, als es genau zu wissen und dann ohne Christus zu sterben?«

Die vier Jugendlichen trauerten jeder auf seine Weise. Judd fühlte sich gedemütigt. Vicki kam sich wie der größte Idiot vor. Lionel empfand eine so tiefe Traurigkeit in sich, dass er meinte, sie würde nie wieder verschwinden. Ryan war verwirrt. Raymie hatte ihm das alles erklärt, aber Ryan hatte es für einen großen Blödsinn gehalten. Jetzt dachte er anders darüber.

Während sie sich das Video ansahen, in dem der Pastor, der jetzt im Himmel war, ihnen sagte, was passieren würde und wie sie zu Christus kommen könnten, fühlten sie sich einander plötzlich sehr nahe. Bruce hatte ihnen gesagt, dass sie, wenn sie Christus annahmen, Brüder und Schwestern werden würden. Sie konnten zu einer Familie gehören.

Erst später würden sie die Verbindungen erkennen, die zwischen ihnen bestanden. Judd würde erfahren, dass Ryan der beste Freund des Sohnes des Piloten war, der das Flugzeug gesteuert hatte, in dem er nach England hatte abhauen wollen. Vicki kannte Lionel durch seine Schwester, aber sie wusste nicht, dass seine Mutter für dieselbe Zeitung gearbeitet hatte wie ein Mann, der mit Judd im Flugzeug gesessen hatte.

Im Augenblick waren sie einfach nur vier Jugendliche aus derselben Stadt, die etwas Schreckliches erlebt hatten und trauerten. Bruce schien vorzuhaben, sie in einer kleinen Gruppe zusammenzufassen. Das gefiel ihnen, vor allem, dass sie nun alle allein auf der Welt standen.

Als das Video zu Ende war, waren alle wie betäubt, dass der Pastor im Voraus genau gewusst hatte, was passieren würde. Das war ganz klar die Wahrheit. Sie konnten gar nicht anders, als eine Entscheidung zu treffen. Alle starrten Bruce an, als er die Frage aller Fragen stellte.

»Seid ihr bereit?«, fragte er. »Wollt ihr Jesus Christus als euern Herrn und Erlöser in euer Leben aufnehmen?«

Belletristik im Projektion J Verlag

Die Cooper-Abenteuer-Serie
Spannung für Kids

In diesem Abenteuer reisen unsere drei Helden Dr. Cooper, Lila und Jay nach Togwana, um dort das Geheimnis eines Steins zu entschlüsseln, der zwei Meilen hoch und gleichsam über Nacht erschienen ist. Wer in aller Welt konnte diesen Stein ausgegraben, gemeißelt und an diesen Ort transportiert haben? Als sie bei ihren Ermittlungen vom brutalen Diktator des Landes, Idi Nkromo, beobachtet und bedroht werden, schlägt das Unbehagen der Coopers bald in nackte Angst um …

Frank E. Peretti
Der geheimnisvolle Stein
Tb., 160 Seiten
Bestell-Nr. 657 215

Die Cooper-Abenteuer-Serie
Spannung für Kids

Jay und Lila begleiten ihren Vater Dr. Cooper in den Dschungel von Zentralamerika, wo eine Gruppe Schatzsucher dem tödlichen Fluch von Toco-Rey zum Opfer gefallen ist. Bevor Dr. Cooper das Rätsel jedoch lösen kann, werden Jay und Lila entführt und seine Rechtschaffenheit auf eine harte Probe gestellt. Welchen Preis ist er bereit, für die Freiheit seiner Kinder zu zahlen? Ist der Schatz von Kachi-Tochetin wirklich mehr wert als Gold …?

Frank E. Peretti
Der Todesfluch von Toco-Rey
Tb., 160 Seiten
Bestell-Nr. 657 216

Die Bestseller: Finale – Band 1 und 2

In einem einzigen Augenblick verschwinden auf der ganzen Welt Millionen von Menschen. Die verwirrten Zurückgelassenen suchen nach rationalen oder irrationalen Erklärungen für dieses Verschwinden. Doch die dunkelsten Tage stehen der Menschheit noch bevor …

Der Antichrist hat die Welt unterworfen. Kriege, Hungersnöte und Naturkatastrophen bedrängen jene, die auf der Erde bleiben mussten. Nur jeder Vierte wird dieses dunkle Zeitalter überleben. Am schlimmsten trifft es die Feinde des Antichristen. Doch Rayford Steele und seine Mitstreiter Buck Williams, Bruce Barnes und Chloe Steele sind bereit, dieses Wagnis einzugehen.

Finale – Band 1	Finale – Band 2
Pb., 360 Seiten	Pb., 336 Seiten
Bestell-Nr. 657 139	Bestell-Nr. 657 214

Die Fortsetzung:
Nicolai (Finale – Band 3)

Der Dritte Weltkrieg ist ausgebrochen und stürzt die Erde in einen Strudel von Tod und Chaos. Der charismatische Weltregent Nicolai Carpathia erscheint als der ersehnte Retter. Doch die Mitglieder der *Tribulation Force* wissen, dass Nicolai selbst hinter den dramatischen Ereignissen steckt. Obwohl sie immer stärkerer Unterdrückung ausgesetzt sind, gelingt es den Christen, Rayford als Informanten in die höchste Ebene einzuschleusen und Einblick in Nicolais Pläne zu gewinnen. Wird es ihm gelingen, den Untergang abzuwenden?

Tim LaHaye & Jerry B. Jenkins
Nicolai
(Finale – Band 3)
Pb., 304 Seiten
Bestell-Nr. 657 217